VQ

Svetlana Lavochkina ist Autorin sowie Übersetzerin ukrainischer und russischer Lyrik. Geboren und aufgewachsen in der östlichen Ukraine, lebt sie heute mit ihrer Familie in Leipzig, wo sie als Lehrerin arbeitet. Lavochkina schreibt auf Englisch, ihre Texte wurden bisher in zahlreichen Zeitschriften und Anthologien in den USA und Großbritannien veröffentlicht. 2019 ist bei Voland & Quist ihr Roman »Puschkins Erben« erschienen.

Diana Feuerbach ist Autorin, Übersetzerin und Hörbuchregisseurin. Sie lebt in Leipzig. Die Absolventin des Deutschen Literaturinstituts hat in den USA studiert und gearbeitet. Mehrfach hat sie die Ukraine und Russland bereist und sich in eigenen Texten mit der postsowjetischen Welt beschäftigt, etwa in ihrem 2014 erschienenen Roman »Die Reise des Guy Nicholas Green« (Osburg Verlag). 2019 übertrug sie Svetlana Lavochkinas Roman »Puschkins Erben« für Voland & Quist ins Deutsche.

Zaporoschje in der Ukraine, Ende der 1920er-Jahre: Stalin will den Dnjepr-Staudamm bauen, Herzstück und Prestigeprojekt der sowjetischen Industrialisierung. Zum Bauleiter wird Chaim Katz ernannt, zur Propagandachefin seine Frau Darja, die sich nach ihrer glanzvollen Jugendzeit zurücksehnt. Um ihrem Dasein wieder einen Sinn zu geben, plant die Ex-Herzogin inmitten der unheilvollen Atmosphäre von Verrat und drohenden Säuberungen einen Weihnachtsball. Lange können aber derartige konterrevolutionäre Aktivitäten nicht geheim bleiben – und Darja Katz muss einen hohen Preis dafür bezahlen.

In dem Roman »Die rote Herzogin« erzählt Svetlana Lavochkina die Vorgeschichte zu ihrem viel besprochenen Roman »Puschkins Erben«. Eine groteske Parabel über Megalomanie und Menschenverachtung und ein sprachgewaltiges und sinnlich pralles Porträt der Ukraine zu Zeiten des Roten Terrors. Nichts für Zartbesaitete oder Leute mit schwachen Nerven. Das Buch wurde 2013 mit dem Pariser Literaturpreis ausgezeichnet.

Svetlana Lavochkina

Die rote Herzogin

Die Arbeit der Übersetzerin am vorliegenden Text wurde von der Kulturstiftung des Freistaates Sachsen gefördert.

Das Zitat auf S. 29 stammt aus: »Oliver Twist« von Charles Dickens, London, 1838. Zitat aus Kapitel 51. Aus dem Englischen übertragen von Diana Feuerbach.

Das Zitat auf S. 116 stammt aus dem Gedicht »Das Leben fiel, ein Wetterblitz« (Januar 1925) von Ossip Mandelstam. Erschienen in: TRISTIA. Gedichte 1916–1925. Aus dem Russischen übertragen und herausgegeben von Ralph Dutli. Ammann Verlag, Zürich 1993, S. 195. © neu: S. Fischer Verlag, Frankfurt am Main.

Originaltitel: *Dam Duchess*, Whiskey Tit, Vermont, USA

Aus dem Englischen von Diana Feuerbach

Deutsche Erstausgabe

Lektorat: Hanne Reinhardt
Korrektorat: Kristina Wengorz
Umschlaggestaltung: HawaiiF3
Satz: Fred Uhde
Druck und Bindung: Balto Print, Vilnius

ISBN 978-3-86391-323-6

www.voland-quist.de

Svetlana
Lavochkina

DIE ROTE HERZOGIN

Roman

Aus dem Englischen
von Diana Feuerbach

Voland & Quist

VORWORT

Autoren sind Sappeure, die nach vergrabenen Bomben in Gedächtniserde suchen. Ihr Ziel ist dabei jedoch nicht, die gefundenen Bomben zu entschärfen, sondern sie in den Köpfen der Leser explodieren zu lassen.

Ausländische Autoren sind darüber hinaus Spione, die fremde Geschichten aus ihren Heimatländern schmuggeln, um sie als erweckende Vitaminbomben den müden westeuropäischen Lesern zu verabreichen. So kam ich als Spionin aus der Ostukraine – mitsamt meiner Geheimwaffe.

Neun Monate lang brütete ich über der »Roten Herzogin«. Gleichzeitig trug ich meinen Sohn aus. Der Erzeuger meines Sohnes ist mein Mann. Der Erzeuger der »Herzogin« bleibt anonym. Er war ein Bauarbeiter am berühmten Dnjepr-Damm, dessen Enkel sein privates Tagebuch ins Netz gestellt hat.

Als ich im Bett der Leipziger Uniklinik den letzten Satz des Manuskriptes fertig schrieb, war gerade meine Fruchtblase geplatzt.

Die Geburt meines Sohnes stellte die geschriebene »Geistestochter« völlig in den Schatten. Nicht nur, weil das, was saugt und schreit, realer ist. Damals dachte ich, die »Herzogin« wäre kein selbstständiges Wesen, sondern Teil eines Romans, an dem ich schon seit Jahren arbeitete. Bald wurde mir aber klar, dass die »Herzogin« innerhalb der großen figurenreichen Familiensaga nicht teamfähig sein würde, zu eigensinnig ist sie und zu brutal, und dazu hat sie weitere zwei Dutzend Charaktere im Schlepptau. Sie hätte den Roman gesprengt.

Also hat sich die »Herzogin« verselbstständigt – ist ein eigener Himmelskörper geworden, unabhängig von »Puschkins Erben«.

Immerhin sind beide diese Himmelskörper aus demselben Stoff gemacht und kreisen um dasselbe Zentrum – den ostukrainischen Ort Zaporoschje. Die Figuren sind mit denen des Romans blutsverwandt. Sie sind ihre Vorfahren, deren Schicksal es war, in Stalins Zeiten zu (über-)leben – ich denke nicht, dass ich selbst das geschafft hätte.

Das Tagebuch des Bauarbeiters erzählt eine andere Geschichte des Dammes als die offiziellen Berichte – wie eine Villa, durch die Hintertür betreten, sich unverblümt mit ihren dunklen Besenkammern zeigt und ein ganz anderes Bild abgibt, als wenn man über die gefegte Vordertreppe einmarschiert. Das Buch platzt von Extremen: Tod, Gewalt, Missbrauch. Einzelne Volksgruppen werden mit Wörtern betitelt, für die man heutzutage nicht nur schief angeguckt wird, sondern mit deren Gebrauch man sich zu Recht strafbar machen kann. So war es damals und nicht anders, und für viele Jahrzehnte sollte es so bleiben. In historischen Romanen muss man solche Dinge erzählen, nur so ergibt es Sinn, solche Bücher zu schreiben. Man stelle sich vor, Toni Morrison hätte in der berühmten Episode des sexuellen Sklavenmissbrauchs in »Menschenkind« geschrieben: »Willste Frühstück, Afroamerikaner?« Erst durch die geschichtliche (Zeit-) Lupe erlebt man sich selbst und seine Zeit in ihrer wirklichen Größe und Geschwindigkeit.

Autoren besitzen ihre Bücher noch weniger als Sappeure die von ihnen gefundenen Bomben. Sobald sie explodiert sind, beweinen die Autoren sie. Und nach unterschiedlich lang andauernder Trauer erliegen sie erneut der Suche und der Sucht zu schreiben.

Leipzig, November 2021

Für Pavel

1.

Josef Wissarionowitsch Stalin schwärmte für Wasserkraft. »Der Hydraulikmuskel der sowjetischen Industrie«, kritzelte er in sein Notizheft. Er bestellte den Mechaniker Katz und die besten Ingenieure Moskaus in sein Arbeitszimmer. Drei Mal sickerte das Wort »Zaporoschje« durch seinen grau gesprenkelten Schnauzbart.

»Aber wir haben weder die Technologie noch geeignete Arbeitskräfte, um den Dnjepr-Staudamm zu bauen«, flehten die besten Ingenieure im Chor, während ihre Blicke von ihren Schuhspitzen hoch zum Leninbild huschten, das genau über Häuptling Stalins Kopf hing.

»Und was denken Sie, Genosse Katz?« Josef Wissarionowitsch wandte sich an den Hauptmechaniker der Schießpulverfabrik, den ruhmreichen Revolutionär Chaim Katz.

Von allen Bolschewiken hatte dieser Katz den flammendsten Beitrag zur Abschaffung der alten Verhältnisse geleistet. Er hatte den Sprengstoffschmuggel für die Barrikadenkämpfe und für die Belagerung des Zarenpalastes organisiert.

»Ich bin nur ein einfacher Heizer«, sprach Katz, »und kenne mich mit Wasserkraft nicht aus. Aber ich weiß, dass unsere sowjetischen Arbeiter die besten der Welt sind. Sie sind es, die den Damm errichten müssen.«

»Sssehr gut, Genosse Katz«, sagte der Chef und zündete seine Pfeife an. »So ssoll es sein.«

Die besten Ingenieure Russlands wagten nicht, einander anzuschauen.

»Und wer ist der besste Staudamm-Ingenieur der Welt?«, fragte Stalin.

»Ein A-m-merikaner namens Hugh Winter«, antwortete der einstige Graf Alexandrow, Wirtschaftsminister unter dem letzten Zaren, und versuchte, dabei nicht zu stottern.

»Du ssagst es. Wir werden diesen Winter zu uns hertreideln, über den großen Ozean. Und ihr, ssogenannte Ingenieure, unfähige Schmeichler und Arschkriecher, kommt unter sein Kommando. Katz – du wirst Bauleiter. Pack deine Sachen, und wenn alles fertig ist, komme ich persönlich und schaue mir den Damm an.«

Chaim Katz wurde blass, und das erste graue Haar erglomm an seiner Schläfe.

»Ergebensten Dank, Genosse Stalin, für Ihr kommunistisches Vertrauen in mich«, sagte er.

Die Ingenieure, die stocksteif an der Wand lehnten, klopften in Gedanken auf das Eichenholz der Paneele. Wie das Schicksal so spielte! Zufällig, unberechenbar ... Diesen Katz wären sie los. Falls bei dem Projekt einer den Kopf verlieren würde, dann war es dieser Emporkömmling.

»Übrigens, Katz«, ergänzte der Chef und erhob sich vom Schreibtisch: »Vergiss nicht, dein fesches Frauchen mitzunehmen. Es wird höchste Zeit, dass sie ihrer neu erstandenen Heimat nützlich wird.« Josef Wissarionowitsch Stalin lächelte mit all seinen pockigen Furchen und beendete die Besprechung.

Nur noch Stunden sind es, bis die Schienenstränge sich treffen, bereit zum Transport endloser Schotterwaggons für den größten Wasserfresser im Arbeiterstaat. Glänzend und stramm rattern die Muskelgetriebe. In den zifferblättrigen Brustkästen klicken die Knochenrädchen. In Hämmer mündende Männerarme rotieren wild um die Schulterachsen, schlagen im Sekundentakt Bolzen in die eiserne Trasse. Aus den Steinbrüchen spritzen Schotterfontänen zum Himmel. Arbeitermienen erstarren in frenetischem Grinsen.

Frauen kneten den Beton mit ihren Füßen. Aus der myopischen Sonne fahren Stahleimer auf sie herab, schöpfen den grauen Brei, heben ihn auf Septemberstrahlen empor und schaukeln ihn durch die Luft, bis sie ihn wieder ausspeien über riesigen Schalungen für Fundamente, Überläufe und Pfeiler. Zwei-, dreimal pro Schicht trägt man einen Arbeiter fort, von Kopf bis Fuß bedeckt mit einem Sack, der Brustkorb zerquetscht von einem Granitblock. Alle zwei Wochen taucht ein ertrunkener Vermesser im Fluss auf. Über Verschwundene munkelt man, dass sie von einem Betonschwall erfasst wurden und nun auf ewig begraben liegen im Damm.

Entlang der Ufer stehen Eichen, wacklige Weiden, tröpfelnde Linden, die längst den Überblick verloren haben über all die Eroberer der Steppe ringsum: Weiße Armee oder Rote, linke Sozialisten, Machno-Banden oder Partisanen. Nur das winzige, wenn auch unangenehme Weilchen von fünf Jahresringen hat der Bürgerkrieg gedauert. Das langsam wachsende Holz bezeugt noch kaum, dass er vorbei ist und die politische Macht nun vorerst unwiderruflich den Bolschewiken gehört. Zur Herbst-Tagundnachtgleiche des Jahres 1929 bestechen die Bäume die Flussufer mit ihrem Goldlaub, wie um sich freizukaufen von allen Blutbädern der Zukunft.

Dem Bürgerkrieg ist auf dem Fuße ein Bauboom gefolgt. Das zerfetzte Land wird mit Stromkabeln wieder zusammengeflickt, mit Stahl zusammengeschweißt, mit Beton geknebelt. Zaporoschje liegt genau in der Mitte zwischen der Hauptstadt Moskau und Odessa am Schwarzen Meer. Die zwei Arschbacken der Stadt werden vom wilden Dnjepr geteilt. Dieses Kaff hat nun plötzlich Hoffnung, zur drittgrößten Stadt des neuen Reiches zu werden.

2.

Ein Reporter aus Moskau richtet seine Kodak auf die Arbeiter.

»Fröhlicher, fröhlicher! Singt unser Dnjepr-Lied!«, drängt Darja Katz, die Ex-Herzogin Woronchina. Ihr hageres Profil wird zum Basrelief an der Mauer aus kostbarem rosa Tuffstein: die künftige Maschinenhalle, ein Wunder der konstruktivistischen Avantgarde. Darjas kurz geschnittenes Haar, erdbeerblond, verschmilzt mit dem Stein zu einer riesigen Löwenmähne.

Zum Dnjepr sprach der Mensch:
Ich fang dich ein mit einem Damm
dass deine Flut, das wilde Ross,
mir dienstbar wird, Fabriken heizt,
mein Haus erhellt, die Züge jagt
zum Schwarzen Meer.

Gehorsam wimmern die Arbeiter das Lied, doch der Fluss verschlingt ihre Worte mit seinem Gebell. Er hat Schaum ums Maul wie eine läufige Wolfshündin im Zwinger ihres Vaters.

Die Verse hat Darja persönlich verfasst. Sie hat sogar die Melodie komponiert, bevor sie den Brigaden das Lied an langen Gewerkschaftsabenden eintrichterte, flankiert von bewaffneten Posten.

Es ist ihre Pflicht als Oberste Direktorin für Personalfragen und Propaganda am Dnjepr-Staudamm, auf der Baustelle für gute Stimmung zu sorgen, indem sie schwungvolle Losungen und Lieder dichtet, die zur Arbeit gesungen werden. Auch das Dolmetschen zwischen dem Obersten Bauleiter und dem weltbesten Ingenieur von Staudämmen zählt zu ihren Aufgaben.

Als sie die Baustelle zum ersten Mal besichtigten, ihre zwei alten Lederkoffer noch unausgepackt, hatte Darjas Ehemann einen Werkzeugkasten geöffnet.

»Das hier, Darja, ist ein Meißel. Er wird in Holz getrieben, um es zu spalten. Das hier sind Schraubenschlüssel. Wir brauchen sie, um bei drehbaren Elementen ein Anzugsmoment zu erzeugen – üblicherweise bei Schrauben, Muttern und Bolzen.«

»Katz schraubt wie ein Spatz und ödet mich an, ratzfatz«, spottete sie feierlich.

In Wahrheit liebt Darja Details. Würde es sich um die winzigste Kleinigkeit an einem Kleid handeln, zum Beispiel um eine Rüsche, einen Brustabnäher, eine Krause oder einen Saum, so wüsste sie deren Bezeichnung gleichermaßen akkurat auf Russisch, Englisch und Französisch. Sie könnte auch haarfein unterscheiden zwischen persischer und chinesischer Seide, peruanischer und englischer Wolle. Ginge es anstatt um Mode um Poesie oder Prosa, so wäre sie fähig, feinsten Stilnuancen nachzuspüren, frei schweifend zwischen drei Literaturen. Die Erinnerung an Texte erzeugt liebliche Aromen auf ihrer Zunge. Selbst die Propaganda-Poeme, die sie ersinnt, um am Leben zu bleiben, machen ihr Spaß.

Außerdem weiß sie, wie sie mit dem vorhandenen Angebot an genießbarer Manneskraft umgehen muss. Als sie den weltbesten Staudamm-Ingenieur vom Bahnhof abholte, erwärmte sich ihr Inneres auf ein wohliges Köcheln. Nach nur zweiminütigem Plaudern spürte sie, dass Mister Winter, die Zwischenstufen überspringend, bereits brodelte.

Tags darauf in seinem Bungalow versuchte Hugh Winter, Darja aus ihrem postkoitalen Schläfchen zu schmeicheln, indem er eine kraftvolle Rede über Hydraulik hielt, vollgepumpt mit fremdartigem Vokabular.

»Nahe am Staumauergrund, Darja, erfolgt die Wasseraufnahme. Die Schwerkraft sorgt dafür, dass es durch die Druckrohrleitung im Innern des Damms fällt. Am Ende der Druckrohrleitung befindet sich ein Turbinenpropeller, der von der Bewegung des Wassers gedreht wird. Die Turbinenwelle reicht bis hoch zum Generator, der den Strom produziert.«

Selbst hellwach wäre Darja nicht in der Lage, einen Generator von einer Turbine zu unterscheiden. Die Abläufe auf der Großen Baustelle wabern als abstrakter Dunst in ihrem Kopf, mit Tagesparolen ohne Bezug zur Realität: Felsabtrag, Mörtelvorhang, Ausschachtung ... Für die Ex-Herzogin ist der Dnjepr-Damm nur ein riesiges Stachelschwein aus Stahl und Beton.

Vor der Revolution waren die Turbinen der Liebe und die Rotoren der Leidenschaft Darjas Spezialgebiet. Auf dem Silvesterball des letzten Zaren hatte sich der Perlensaal zu Strauss und Chopin gedreht. Rubine glitzerten auf rosa Seide und Saphire auf blauem Brokat, Kronleuchter klimperten mit kristallenen Eiszapfen. Ringsum schwirrten Diademe, Tiaras, Ohrringe, Armkettchen. Ungeübten fielen die Augen aus, es sei denn, sie entdeckten einen Strohhalm, an den sie sich klammern konnten, einen goldenen Strohhalm, der nicht unterging in diesem stürmischen Ball. »Wer ist dieses Wunder?« – »Darja, die Debütantin!« Und sämtliche Herren waren bereit, sich für einen einzigen Walzer, für das Streifen einer Locke über ihre Schulterstücke, zu Darjas Füßen zu werfen: die Mitglieder der diplomatischen Korps von Brasilien bis Norwegen, die Offiziere vom Leutnant bis zum General, die Höflinge vom Zeremonienmeister bis zum Schuhputzer.

Die Ex-Herzogin war nach ihrer Großmutter benannt, die der Dichterfürst Alexander Sergejewitsch Puschkin heiß geliebt hatte. Poesie war auch Darja nicht fremd – 1913 druckte die symbolistische Literaturzeitschrift *Lilie des Nordens* drei ihrer Gedichte, was Darja eher der Grazie ihrer um das Hinterteil des Redakteurs geschlungenen Efeubeine verdankte als der Eleganz ihrer Versfüße.

Ihre Ex-Exzellenz überwacht die Arbeiter, wie ihre Ahnen die Leibeigenen auf den Feldern überwachten: als gehörten ihr all diese Leute und wären bereit, sich bis zur Erde vor ihr zu verneigen. Für jeden von ihnen hat sie eine Akte in ihrem Personalleiterschrank. Die meisten Arbeitskräfte sind jungfräulich proletarischer Abstammung, doch Darja weiß genau, auf wen das nicht zutrifft. Frühere Gendarmen des Zaren, Priester, Beamte, Offiziere der Weißen Armee – ihre verräterischen Dossiers sind in den hinteren Regalreihen versteckt. Alles in allem verwaltet Darja die Personalunterlagen in kunstvoll-mutwilliger Unordnung.

Die Arbeitermeute verströmt eine animalische Kraft. Es ist dieselbe Kraft, die vor einem Jahrzehnt den letzten Zaren ermordet und Darja mit dem Mechaniker Katz verheiratet hat, einem manischen Bolschewiken und Juden. Die russische Rangtabelle wurde gelöscht, und mit ihr wurde der Reichtum an Hoheiten und Exzellenzen durch das gebellte »Genosse!« ersetzt. Hier steht sie nun, Genossin Katz anstelle von Euer Hoheit, in sehr gutem Zustand, das heißt, lebendig, anders als ihre Freundinnen, die einstigen Hofdamen der Zarin. Ihr Gatte, momentaner Günstling des Großen Steuermanns Stalin, beschützt sie mit seinem Bücklingsrücken.

Frei von hinderlichen Särgen würden sich der verstorbene Herzog und seine Gattin, Einschusslöcher im Nacken, in ihrer Schlucht nahe eines Moskauer Vorortes umdrehen, könnten sie ihren jüdischen Schwiegersohn sehen, der noch nie in seinem Leben eine Gabel benutzt hat, und ihre einzige Enkelin, die ihre

Popel isst und – weitaus tragischer – kein Wort Englisch oder Französisch spricht. Weil Darja nicht weiß, wie man ohne eine Armee von Ammen und Gouvernanten ein Kind großzieht, wächst ihre Tochter als Straßenbalg auf. Schmutzig und ungekämmt hüpft die kleine Manja über die Baustelle und versteckt sich im Steinbruch. Sie flicht Zugpferden die Mähnen und tobt mit Arbeiterkindern durch die Baracken. Ihre Hintern wund von den Schlägen der Mütter, hatten die Lagerkinder schnell aufgehört, die Tochter der Personalchefin und des Bauleiters zu triezen. In der Tat erwies sich Manja als robuste Spielkameradin und vorzügliche Diebin von Lebensmitteln.

Die letzten Nägel werden ins Eisen geschlagen, die Schienen treffen sich. Klirrende Hämmer, gefolgt von freudigen Arbeiterschreien, quälen Darja mit höllischen Schwingungen. Ihr Baumwollkleid reizt ihre Haut mit seinen billigen Fasern. Die neue Mode macht Ankleidedamen überflüssig, und ohnehin hat Darja längst gelernt, ohne Dienerschaft auszukommen. Sie hat sich an Blechbesteck gewöhnt, an schlechtes Essen, sogar an die Flüche, die sie rund um die Uhr hört.

Jetzt ruht ihr blaugrüner Blick auf einem gewissen Nikolai aus der Schaufelbrigade: kosakische Abkunft, entfernte Ähnlichkeit mit Rudolph Valentino. Nikolai grinst frech zurück, mehr mit seinen Augenbrauen als mit den Lippen. Noch unentschlossen, ob Kosaken im Moment politisch riskant sind, hat Darja sein Dossier in die hintere Reihe des oberen Regalfachs gesteckt.

3.

Die Stromschnellen fauchen wie Gaskocher. Es sind dreizehn an der Zahl, jede mit ihrem eigenen Namen und Temperament. Die kleinen werden *Kälbchen* genannt, und tatsächlich muhen sie in der Flut. Die größeren Stromschnellen heißen *Einer zu viel*, mit grinsenden Wolfszähnen. *Schulmädchen* fordert die meisten Opfer, und in der Nähe von *Vielfraß* ist das Wasser kein Wasser mehr, sondern etwas Hartes. Vielfraß jagt die Boote vorbei wie zu Berge stehende Haare. Der Fluss ist ein ewiger Sturm, in dem jede Welle für immer an ihren Platz genagelt ist, ihren zermürbenden Lauf seit uralten Zeiten endlos wiederholend. Das Wasser springt empor, und die Einheimischen nennen es Donner.

»Wer zum Teufel hat dem Pferd verfaultes Heu gegeben?«, brüllt Chaim Katz. Seine Stiefelspitze taucht in flüssigen Pferdemist. »Wenn dieser Gaul auch noch krepiert, schleppst du den Schotter auf deinem Buckel! Ein neues Pferd kaufe ich nicht, hast du verstanden, verstockter Petro?«

»Jawohl, Genosse Katz, hab's kapiert.« Der dicke Petro kratzt sich im Nacken und peitscht weiter auf die Stute ein.

»Nein, hast du nicht, Scheusal! Heute Abend komme ich und prüfe das Heu. Wenn es verfault ist, bist du gefeuert. Alles klar?«

»Klarer als klar, Genosse Katz«, sagt Petro und murmelt »Fick dich zweimal, Jude« in seinen Bart.

Vor der Revolution hatte Mechaniker Katz alles über Heizkessel gelernt. Während der Revolution lernte er alles über

Schießpulver, und nach seiner schwindelerregenden Beförderung verschlang er sämtliche Bücher über Wasserkraft, die er in die Hände bekam. Die Grundlagen waren nicht schwer zu verstehen. Doch Katz, dessen Haare zusehends das Grau der Oktobersteppe annehmen, merkte bald, dass das wichtigste Wissen für ihn die träge Hydraulik der Volksmassen betraf, die Mechanik der grauen Zellen in den Arbeiterköpfen. Schnell musste er lernen, dass Schießpulver viel leichter zu handhaben ist als zehntausend Proletarier auf einem Fleck, eine explosive Mischung aus dem gesamten Ex-Russischen Reich: Bauern, die vor Zwangskollektivierung und Erntebeschlagnahmung geflohen sind, entkommene Sträflinge, die in der Masse abtauchen wollen, Soldaten besiegter Armeen des Bürgerkriegs, bankrottgegangene Händler, niederer Adel. Russen, Ukrainer, Polen, Mongolen, Armenier, Finnen, Tataren, Tadschiken kreuzen sich im Schmelztiegel der Staudamm-Nation mit Weibern von überallher und erzeugen nie da gewesene Genmosaike.

Zu Beginn, als Katz den Bau des Dammdorfs befahl, waren die Bedingungen noch erträglich, doch als die Arbeiterzahl von tausend auf zehntausend stieg, wurde das Leben entsetzlich. Dreißig bis fünfzig Arbeiter hausten in einer Baracke. Enge, Hass, Schlägereien. Weil geschlampt wurde, verging keine Woche, ohne dass fertiggestellte Baracken wieder in sich zusammenfielen. Schlechte Wartung richtete Geräte und Werkzeuge zugrunde. Schuldige wurden gesucht und gefunden – oder erfunden – und hart bestraft, doch der Pfusch hörte nicht auf. Um die Sauferei zu unterbinden, erklärte Katz das Gebiet um den Damm zur alkoholfreien Zone, mit demselben Erfolg wie die amerikanische Prohibition.

Das Gelände verlassen durften Arbeiter nur, wenn sie gefeuert wurden. Gefeuert zu werden aber zog die Hinrichtung nach sich, denn Entlassungen erfolgten gewöhnlich nur nach einem

Akt von Sabotage oder mutwilliger Fahrlässigkeit, unvereinbar mit dem Errichten des weltweit ersten sozialistischen Staates. Wer Urlaub wollte, dem blieb nur ein Weg: Er musste eine Heldentat der kommunistischen Arbeit vollbringen.

Zum Bau des Dnjepr-Damms gehörte auch die Inbetriebnahme einer Feldküche für achttausend Mittagessen pro Tag.

Darja Katz' erster Propagandaerfolg war ein Kampfgedicht, das die Damm-Zeitung auf Plakate druckte und überall im Arbeiterlager aufhängte. Das Plakat zeigte eine rote Amazone, gemalt im Stil von Degas, die hoch über einer schwächlichen, Teig knetenden Hausfrau mit Schürze schwebte:

Nicht länger Sklavinnen unserer Küchen sind wir!
Maschinen vollbringen ab heute die mühsamen Taten!
Beton kneten wollen wir Frauen – Schwein und Stier
werden von der Fabrikküche gebraten!

Die Ausrüstung hatte Bauleiter Katz in Deutschland bestellt, denn in der UdSSR waren mobile Großküchen noch unbekannt. Er bezahlte die Küchenfabrik mit dem Erlös aus Weizenverkäufen. Den Weizen hatte man in zwanzig Dörfern der Gegend beschlagnahmt, und so aßen die Bauern in diesen Dörfern bald Katzen, Hunde, Gras, Stiefel und schließlich einander.

Weil er Hitze liebte und so viel über sie wusste, konnte Katz nicht anders, als die breiten Eisenhüften des großen Herdes zu streicheln. Seine Wange strich über die weiße Emaille der neu gelieferten Kessel, in denen, falls nötig, er selbst gekocht werden konnte. Die schlauen *Siemens*-Maschinen schnitten Brot und Gemüse, formten Fleischbällchen, kochten, buken und wuschen Geschirr ohne menschliches Zutun. Trotzdem wurden von achttausend Mittagessen im Schnitt nur dreitausend verzehrt. Pfiffige Köche stahlen die Hälfte der Fleischlieferungen, mischten Pappe ins Hackfleisch, um den Gewichtsverlust auszugleichen, und formten die gestreckten Bällchen ein Drittel kleiner. Auf diese Weise bekamen die Kinder der pfiffigen Köche hundertprozentige Hackfleischbällchen zwischen die Zähnchen, während sich anderen Arbeiterkindern die Chance bot, für einen Tageslohn pro Pfund ebenfalls solche Bällchen zu essen. Pferdekarren belieferten die Baustellen mit Kübeln, in denen bläuliche, nach Aas und Jauche stinkende Suppen schwappten, und so lebten die Arbeiter lieber von Wasser und Brot. Zwei Jahre voller Tadel und Drohungen, Ertappen auf frischer Tat und Entlassungen gingen ins Land, ehe Chaim Katz im Protokoll der Kücheninspektion endlich notieren konnte: »Löblicherweise kommen Überraschungen wie Kakerlaken oder Mäuse im Kantinenessen nun seltener vor.«

Inzwischen hatte er jeder dreißig Mann starken Arbeiterbrigade erlauben müssen, sich eine eigene Küchenmagd in der Baracke zu halten, die für fünfzehn Rubel im Monat essbare Mahlzeiten kochte, Wäsche wusch und männliche Triebe befriedigte. Letzteres taten die Mägde nicht gern, und so beschwerten sie sich immerzu. Katz steckte sie über Nacht in eine eigene Frauenbaracke, doch schon bald suchten die Arbeiter außerhalb des Lagers nach Sex. Sie fingen sich Tripper ein, die ihre Hosen entflammten, weshalb Katz die Brigadefeldweiber wieder einziehen ließ, um die Gesundheit seiner Männer zu schützen.

Katz berührt gern schöne Dinge. Diese Vorliebe ist ganz allmählich zu dem zwanghaften Bedürfnis mutiert, alles auf der Großen Baustelle anzufassen. Er legt seine schwieligen Hände auf jedes Objekt, das er erblickt – bereit, sämtliche Gefahren mit dem eigenen Leben zu erden. Er befühlt den Schotter aus dem Steinbruch, damit die richtige Bruchgröße in der richtigen Schubkarre für den richtigen Pfeiler landet. Er prüft die Räder

der Schubkarren. Er bohrt seine Finger in Hackfleisch und weiß sofort, wie viel Pappe drinsteckt.

Damit er nicht ohnmächtig wird von dem Miasma Tausender proletarischer Entladungen, zündet sich Katz eine Papirossa an, bevor er sich den Latrinen nähert, mit einem Eimer voll Chlor. Jedes Loch pudert er reichlich. Leidenschaftlich versucht er, den Arbeitern beizubringen, dass sie das selbst machen sollen, doch sie lernen nie, es für notwendig zu erachten.

Wird eine neue Baracke fertiggestellt, prüft Chaim, ob ihre Türriegel fest schließen. Vor jeder Schicht reckt er seine Nase in die Gesichter der Arbeiter, um ihren Atem zu schnüffeln. Um Mitternacht stürmt er mit seinem Revolver in die Baracken und trampelt die Karten der Spieler in den Lehmboden. Flaschen mit Selbstgebranntem schmeißt er gegen die Holzwand. Kehrt er danach zurück in die Schlafbaracke der Bauleitung, heim in sein Ehebett, schläft er mit Stiefeln ein. Seine Gesichtszüge unleugbar jüdisch, sein Name lächerlich in slawischen Ohren, nennen ihn die Arbeiter »Genosse Chlorratte«. Das tun sie hauptsächlich, um ihre Angst vor seinen Wutausbrüchen herunterzuspielen.

4.

Schuster Yankel hätte den Stiefel, den er gerade flickte, vom Dreifuß gezogen und quer durch die Stube gepfeffert, und wer weiß, ob sich Chaim vor dem schweren, schweißgehärteten Lederziegel mit den tückischen Nägeln rechtzeitig hätte wegducken können. Hätte der Stiefel Chaim verschont, wäre er stattdessen in Mutters Challah-Teig gelandet.

»Mögen deine Därme von der Wäscheleine hängen, du Satan! Du bist nicht mehr mein Sohn!«, hätte Schuster Yankel gebrüllt. »Lauf ruhig zu deinem Pfaffen, er ist jetzt dein Vater, brate Karnickel mit ihm, friss mit ihm Schweinefleisch!«

»Eine Schickse zu heiraten, oi-wei! Eine Schickse ist keine jiddische Mame, sie schert sich nicht um ihre Kinder, die Kleinen laufen schmutzig herum, die Rotze hängt ihnen bis zu den Knien«, hätte Mutter Zypa über dem gestiefelten Teig geklagt.

Erleichterung war Chaims zweite Empfindung, als er die kleine Straße in Massandra erblickte, niedergebrannt bis auf die Balken. Er erkannte seine elterliche Hütte an dem Schusterdreifuß, der aus der Mitte der einstigen Wohn- und Arbeitsstube ragte. Der Geruch nach Leim hing noch ängstlich zwischen den verschwundenen Mauern.

Chaim hatte befürchtet, den Eltern sein neues Leben erklären zu müssen, zwischen den Flüchen des Vaters, fliegenden Stiefeln und den Wehklagen der Mutter. Sein Jiddisch war kahl wie die Steppe geworden, es hatte all seine Farben verloren auf dem langen Weg zum Diplom der Polytechnischen Hochschule Moskau. Er wäre ebenso unfähig gewesen, mit seinen Eltern Russisch zu sprechen, denn Russisch hatten diese niemals gelernt, kein Wort davon brauchten sie in ihrem Leben im Ghetto.

Wie es sich ziemte für einen echten Schustersohn, hatte Chaim als Kind keine Stiefel besessen. Bis zu seiner Bar-Mizwa trug er die Stiefel der Mutter, danach die des Vaters. Mit achtzehn Jahren bohrte er Löcher in die Stiefelspitzen, um Platz zu schaffen für seine erwachsen gewordenen Zehen. Zum letzten Mal sog er den Geruch des Schwarzen Meers ein und ging zum letzten Mal schwimmen. Mit seinem kleinen Rucksack über der Schulter verließ er das Dorf für eine bessere Zukunft.

Schuster Yankel war überzeugt, dass sein Sohn nach Cherson an die Jeschiwa ging und bald als frischgebackener Rabbi ins Dorf zurückkehren würde. Mutter Zypa schacherte schon um eine reiche Braut.

Chaim erreichte Cherson tatsächlich – dreihundertfünfzig Werst weiter nördlich. Er desertierte ins christliche Viertel. Am selben Tag ließ er sich taufen. Vor dem primitiv an die Wand gepinselten Jüngsten Gericht tauchte ihn der Pope dreimal ins Wasserfass, nuschelte routiniert: »Im Namen des Vaters und des Sohnes und des Heiligen Geistes«, und hängte ihm eine Schnur mit einem kleinen Blechkreuz um den Hals. Dann fertigte er ein Schreiben aus, das die Bekehrung des Gottesknechts Chaim zum orthodoxen Christentum bezeugte – ein Reisepass, um in die für Juden verbotene Hauptstadt zu gelangen.

Chaim wollte seinen Nachnamen Katz zu einem harmlos russisch klingenden ändern, doch das Geld, das ihm der alte Yankel gegeben hatte, reichte nicht, um den zuständigen Beamten zu bestechen. Es reichte aber für ein Paar prächtig hoher Lederstiefel. Chaim liebte es, die Wabennarbung der Schweinshäute zu fühlen – so viel Leder, und alles für ihn.

Nicht das diffuse Schuldgefühl seiner Verfehlung störte Chaim, sondern das Material selbst, jenes kalte, saftsaugende Blechkreuz auf seiner Brust. Er warf es in den Rinnstein hinter der Kirche, steckte die Taufurkunde in seinen Ranzen und lief weiter nach Norden.

Nun würde er die Ausbildung erhalten, die er sich erträumte: Mechanik; und zwar dort, wo er sich hinsehnte: in Moskau.

5.

Gemäß der egalitären Logik des neuen Regimes gab es im Moskau des Jahres 1918 nicht mehr zu essen als in der Provinz. Die Menschen standen Schlange nach gräulichem Brot, nach Lebensmittelmarken verteilt, während die angrenzenden Straßen von Barrikadenkämpfen erbebten. Das Schießpulver hatte der Überläufer Chaim Katz persönlich organisiert. Nun hustete er aus der Tiefe seiner bolschewistischen Lungen und vermisste das sonnige Massandra mit jeder Bronchie.

Das Brot ging aus bei einer elfenhaften jungen Frau, die einen Mantel aus blauen Lumpen trug. Durchsichtig, halb ohnmächtig, wie sie war, sah sie noch immer sehr stolz aus. »Woraus ist sie gemacht?«, dachte Katz, als er an der Schlange vorbeiging.

Das Haar der jungen Frau, in dicken Zöpfen um den Kopf gelegt, schien aus dem Sonnenuntergang am Schwarzen Meer gewebt zu sein. Ihre Wangenknochen wölbten sich wie Kreidekurven. Zwei Topase, oder wie die grünen Schmucksteine aus dem Hohelied Salomos hießen, saßen im Goldrahmen doppelreihiger Wimpern. Diese Frau war anders als alle, die Chaim bislang gesehen oder gar flüchtig gekannt hatte: die drallen Bräute, die er daheim vergeblich verehrte, die schnippischen Gojkas in den Bordellen von Moskau. Diese Frau war eine himmlisch verfeinerte Schickse, außergewöhnlich und unerreichbar.

Die Verkäuferin höhnte: »Kein Brot für Blaublütige«, und schlug die Tür des Brotlasters zu.

Chaims Lebensmittelration als Mechaniker der Schießpulverfabrik konnte sich sehen lassen: ein Brotlaib, ein Hering, eine Unze Schwarztee. Einladend lugte der Hering unter Chaims Achsel hervor, in die Ausgabe der Arbeiterzeitung *Swesda* vom Vortag gewickelt.

Katz nahm seine Mütze ab. Er hatte nie gelernt, wie man sich vor einer Dame verneigt, doch er wagte einen Versuch. Er machte einen krakligen Diener, wie ihn seiner Meinung nach Adlige praktizierten, woraufhin die elfische Dame in lautes Lachen ausbrach.

Sie bedeutete ihm, ihr entlang der Twerskaja-Straße zu folgen, bis sie ein pollenfarbenes Palais mit vier Etagen erreichten, dessen Mauern menschenhoch mit Pisse bespritzt waren. Vor der breiten Marmortreppe, links und rechts mit Stucklöwen verziert, traktierte ein betrunkener Stallknecht einen Apfelschimmel, damit dieser die Stufen hinaufstieg. Das Pferd wieherte und schlug aus, schaumbedeckt. Es biss nach dem Knecht, den das nur noch mehr zu belustigen schien.

Die neuen Bewohner – frühere Knechte und Hausmeister – benutzten den Haupteingang ungern: zu Respekt einflößend, zu beängstigend war er für sie. Sie hatten ihn mit Brettern vernagelt und nahmen lieber den ungleich vertrauteren Hintereingang für Dienstboten.

Die Elfe führte Chaim zu einem vorratskammerkleinen Raum im Kellergeschoss. Sie verriegelte die Tür mit einem Stuhl.

Mit einem rostigen Messer trennte sie den Heringskopf ab. Sie schnitt das Filet in winzige Teile, entfernte meisterhaft die Gräten und begann in langsamer, anmutiger Manier, die Häppchen zu essen – als wäre sie auf einem königlichen Bankett und wüsste nicht, wie sich eine Woche Hunger anfühlt.

»Schmeckt wie Anchovis, wenn man die Augen schließt.«

Das Wasser in dem kleinen Kessel auf dem Gasherd kochte. Darja goss den schwarzen Tee in zwei dünne Porzellantassen, innen rissig und braun, ungespült seit Wochen. Chaim brachte kein Wort heraus. Brav lutschte er an den eingeweichten Teeblättern aus seiner Tasse und zerrieb sie fein säuberlich mit den Zähnen. Er fürchtete sich zu sprechen; diese unglaublich gebieterische Frau sollte seinen jiddischen Akzent nicht hören.

»Wie heißen Sie, Sie unbeholfener Mensch?«, fragte Darja. »Kain, Abel, Abraham?« Sie lächelte und zog dabei die rechte Augenbraue hoch. »Sie müssen zum Christentum konvertiert sein, um hier in Moskau sein zu dürfen, aber wo ist Ihr Kreuz?«

Von einem Stapel auf dem Boden nahm sie ein schönes, in rotes Lackleder gebundenes Buch.

Hätte Chaim die Widmung gesehen, »Für Herzog Woronchin mit dem größten Respekt – Ch. Dickens«, hätte er noch immer nicht gewusst, was es daran zu bestaunen gab.

Leid und Jubel mischten sich in diesem Kelch, doch es flossen keine bitteren Tränen: denn selbst die Trauer erwuchs in solch milder Gestalt, gehüllt in solch zartsüße Gedanken an früher, dass sie zur ernsten Freude wurde und jeden schmerzlichen Charakter verlor.

»Das ist Englisch«, sagte Darja. »Als ich Mister Dickens damals las, bevor all das passierte, dachte ich, er hätte bei der Beschreibung des Elends übertrieben. Jetzt wünschte ich, ich könnte jede traurige Stelle in diesem Buch küssen, so liebenswert rein und anheimelnd wirkt es auf mich.«

Wildes Gelächter ertönte in den Stockwerken über ihnen, gefolgt von haushohen Flüchen, Geschirrscheppern und Pferdewiehern.

Darja kommentierte trocken: »Das Pferd muss in Vaters Arbeitszimmer angekommen sein. Er hatte seine Räume im ersten Stock.«

Tags darauf kam Chaim mit einer Pferdewurst zum pollenfarbigen Palais an der Twerskaja. Er entdeckte den Heizungskeller. Weil er alles über Heizkessel wusste, heizte er das Kellergeschoss.

»Woher stammst du, Wohltäter?«

»Aus Massandra bei Odessa«, krächzte Chaim.

»So ein Zufall – mein Vater besaß Weinberge dort.«

Darja kramte im Schrank und holte eine staubige Weinflasche ans Licht.

»Die letzte Flasche! Der Lieblingswein des Zaren. Massandra, Jahrgang 1891. Mein Geburtsjahr. Fuchsschwanztraube. Seine Majestät zog sie jedem Château Lafite vor.«

Sie goss den Wein in dieselben Tassen, aus denen sie Tee getrunken hatten. Der Name auf dem Flaschenetikett war Lydia Liliu.

»So hieß die letzte Königin Hawaiis, sie hat im selben Jahr den Thron bestiegen«, erklärte Darja freundlich. »Vater liebte Geschichte mehr als mich.«

Chaim wusste alles über die Sonne auf der Krim. Er hatte viele Fuchsschwanztrauben reifen sehen und eine Menge gestohlen – besonders 1905, während der ersten Revolution. Die Dorfburschen wurden damals so dreist, dass sie glaubten, sie kämen ungeschoren davon. Ihre Mütter machten Rotwein aus den gestohlenen Trauben. Chaim erinnerte sich noch an den Geschmack. Aber die Burschen kamen nicht ohne Strafe davon; ein Pogrom entlud sich über dem Dorf: »Verprügelt die Juden, sie verderben den russischen Wein!« Jetzt, in Darjas Gegenwart, schmeckte Chaim kaum einen Unterschied zwischen dem feinen fürstlichen Wein und dem schlichten, süßen Nalewka aus seinem Dorf, aus denselben Fuchsschwänzen gekeltert.

Er überwand seine Schüchternheit nur mit Mühe. Auf einem Hocker sitzend betastete er seine Schweinsstiefel, als Darja plötzlich seine Hände mit dem Wasser aus der Kanne bespritzte, lauwarm, und sie unter ihre schmuddlige Seidenbluse steckte. Chaim musste in einem alten Sessel aus Kalbsleder Platz nehmen, der einst in Herzog Woronchins Arbeitszimmer gestanden hatte und kurz vor der Revolution durch ein modischeres Modell aus London ersetzt worden war.

»Möbel haben ein Schicksal, genau wie wir«, sagte Darja.

Der neue Sessel stöhnte mit Sicherheit, verstümmelt und von Messern versehrt, er wand sich unter den Soldatenärschen, die sich breitmachten auf ihm, und beneidete seinen Vorgänger im Souterrain.

»Und jetzt, Wohltäter, will ich dir aufrichtig danken«, sagte Darja. Ihr Gesicht nahm einen verruchten Ausdruck an, während sie sich aus ihren Lumpen zwiebelte.

Sonnen lohten unter den Achseln. Eine Kupferwolke segelte unter dem Bauchnabel. Die Haut war so dünn, dass Chaim meinte, er könnte Darjas rosa gewundenen Därme sehen, ihre narbigen Nieren, die straffe, weinrote Leber. Es war, als rächte sie sich mit ihrer schonungslosen Enthüllung für alles Verlorene, ihr Körper ein kunstvoller Wirbel, ein Schattenspiel: gesattelter Panther, gewölbter Kreuzstich, Todesfee in Flammen. Chaim, dessen unrasierte Wangen in Wellen erröteten, hatte Angst, dass seine fleischliche Hinrichtung auf diesem elektrischen Stuhl das gesamte Palais hochgehen lassen würde. Er fragte sich, ob sich die Liebe so anfühlte.

Die Soldaten über ihnen stimmten ein Trinklied an: »Vä-äterchen Frost, lass mich nicht fri-i-ieren und mein gutes Pfee-erd nicht krepi-i-ieren …« Eine Frauenstimme meckerte dazu wie eine Ziege.

Darja stand auf und goss ein paar Weintropfen in Chaims Schritt. »Das ist mein französisches Geschenk. Es dient der Verhütung, aber davon hast du mit Sicherheit auch keine Ahnung.«

Mit einem Gnadenstoß ihrer Zunge ließ die Elfe den brachliegenden Chaim wie verrückt zucken und zittern. Kein einziges Mal in seinen achtundzwanzig Jahren hatte er sich so schuldig gefühlt. Von da an verbat er Darja, ihn jemals wieder dort und derart zu berühren.

»Heutzutage ist es sicherer, eine Katz zu sein als eine Adlige«, sagte der Standesbeamte. »Unser Arbeiterstaat fördert Mischehen, auch solche mit deinen Zutaten, Genosse Bräutigam.«

Es kostete Darja erhebliche Mühe, den Trauschein mit ihrem neuen Nachnamen aus vier Buchstaben zu unterschreiben.

Nach den Flitterwochen, als der Kanonenofen im Keller den letzten Dickens verzehrt hatte, erhielt Chaim Katz eine Beförderung zum Hauptmechaniker der Moskauer Schießpulverfabrik. Dieser respektable Posten berechtigte ihn zum Umzug ins einstige Schlafzimmer der Herzogin Mutter im pollenfarbenen Palais. Weil das Zimmer tischlos war, aßen sie ihr Brot mit Hering im Bett.

6.

Seit Menschengedenken ist die allseits bekannte Kosakenfrisur der exzentrische Heringsschwanz: ein langes Haarbüschel, das mittig aus dem ansonsten kahlen Schädel wächst. Doch sowjetische Arbeiter dürfen nicht prahlen, also ist Petro komplett kahl geschoren und seine Kopfhaut voller Kratzer, während Nikolai einen Topfschnitt trägt.

»Wann hörst du endlich auf, mich zum Graben zu zwingen? Im Sommer war das ja noch in Ordnung, aber jetzt wird es kalt«, jammert Petro. »Wir haben das ganze Flussufer von den Stromschnellen bis zu den Schilfbetten beackert, aber nichts als Steine gefunden. Das sind sowieso alles nur Märchen.«

»Nein, das sind keine Märchen, du Frostarsch! Kosake Kupa von nebenan kam mit einer Schubkarre voller Gold ins Lager zurück! Wozu, denkst du eigentlich, sind wir hier – etwa, um für die verdammten Sowjets und Häuptling Stalin zu schuften? Das ist nur eine Tarnung. Wir dürfen unsere wahre Aufgabe nicht vergessen.«

»Lass uns schlafen gehen«, bittet Petro.

»Bleib bei der Sache, Schlappschwanz, mein Vater hat ›Weide‹ gesagt«, befiehlt Nikolai.

»Meiner hat ›Linde‹ gesagt«, behauptet der gähnende Petro.

»Ich wette, du Hohlkopf kennst nicht mal den Unterschied. Dein Alter hatte seine Gurke in Selbstgebrannten getunkt, als er dich zeugte.«

»Nimm das zurück, oder ich schlag dir den Schädel ein«, sagt Petro beleidigt.

»Das machst du nicht, denn dein Großvater hat deinen Vater mit einer Paprikaschote aus Horilka gemacht. Jeder Hund in unserem Dorf weiß das.«

»Hat er nicht. Mein Großvater war der stärkste Kosake von Zaporoschje, er konnte mit seinem nackten Arsch einen Igel zerquetschen.«

»Der Teufel pisst, dein Opa frisst!«

Sie stritten weiter über ihre Familienlegenden, bis Sterne den Septemberhimmel übersäten: Sperrstunde.

Von Generation zu Generation wurden die geheimen Geschichten über sagenhafte Kosakenschätze in jeder Familie vom Vater zum Sohn weitererzählt, und die jungen Tollkühnen zogen aus, um die Grabkammern der Ahnen zu finden. Zuzeiten hatten manche Kosaken tatsächlich Münzen, Musketen, juwelenbesetzte Schwerter am Dnjepr vergraben, doch die Flussmassen, angehoben durch den allmählich wachsenden Staudamm, haben sie fortgewaschen auf Nimmerwiedersehen.

»Im Dunkeln zu graben ist dumm«, meckert Petro. »Wir müssen uns einen Tag Urlaub verdienen, und um das zu schaffen, müssen wir etwas Heldenhaftes vollbringen.«

»Heldenhaft … Du machst mir Spaß! Wer hat dir dieses Wort beigebracht? Aber ausnahmsweise mal hast du recht. Vielleicht hat dich dein Vater doch mit einer dicken Aubergine gezeugt.«

Nikolai reckt und streckt sich. Er schultert seinen Spaten. Der glückliche Petro wiederholt Nikolais Bewegungen mit größter Gründlichkeit.

»Weißt du, wie diese Propagandafüchsin mich heute angeschaut hat?«, fragt Nikolai. »Sie steht total auf mich. Ich wette, sie will mit mir schlafen. Man sagt, dass sie eine echte Herzogin war. Ich frage mich, wie es ist, eine Herzogin zu bumsen. Hab noch nie eine gehabt.«

»Ich auch nicht«, murmelt Petro und gähnt aus vollem Hals. »Aber unsere Puppe Mascha ist auch nicht übel.«

»Puppe Mascha gehört allen aus der Baracke, sogar dir. Sie ist der Brigadenachttopf.«

Die Männer trotten auf Laubpfaden in Richtung Lager, wo sie sich eine Baracke mit dreißig anderen Arbeitern teilen. Bettwanzen haben alle zu echten Blutsbrüdern gemacht.

»Bi-i-i-tte nicht beide auf einmal«, fiepst Mascha. »Ihr reißt mich entzwei!«

7.

»Ich habe die Hufeisen-Stromschnelle gezähmt«, sagt Hugh Winter, während sich seine Finger tief unter Darjas Venushügel betätigen. »Jawohl, ich habe am Muscle-Shoals-Damm in Alabama gearbeitet, am Keokuk-Damm, ich habe den Mississippi gebändigt. Sogar bis zum Assuan-Staudamm in Ägypten, Darr, bin ich gekommen. Doch noch nie habe ich ein so antipodisches Volk gesehen wie deines. Deine Leute sind verschlagener als Nigger. Sie können einen Affen nicht von einem Schraubenzieher unterscheiden, aber dann plötzlich blitzt ihr Geist auf wie mit Selbstgebranntem gespült!«

Darja liegt auf der rechten Seite des *Simmons*-Betts. Ihr Kinn auf den Ellbogen gestützt, betrachtet sie Hughs Nachttisch. Obenauf liegt ein Beschwerdebrief:

> *An Mister Oberbauleiter Katz: Hiermit teile ich Ihnen mit, dass ich in höchstem Maße entrüstet bin über das Essen, welches man mir in der Kantine vorsetzt. Kein Weißbrot, kein Kaffee um sechs Uhr früh, und das Omelett voller Eierschalen. Nachdem ich dies ein Jahr lang erduldet habe, ohne mich zu beklagen, verlange ich nun eine private Haushälterin, die für mich kocht, sowie die persönliche Zuteilung von Weißbrot.*

Leblose Staudammskizzen, ein *Life Magazine*, schon ein Jahr alt, mit einer Werbung für *Campbell's Tomato Soup* breit auf der

Mittelseite. Die Aufforderung »*Lift this soup to your lips*« schafft es, Darja den Mund wässrig zu machen. Früher wäre ihr von dieser theaterblutroten Brühe übel geworden.

»Es war, als du mit einer Erkältung im Bett lagst und nicht für mich dolmetschen konntest. Eure Ingenieure ließen eine Grube ausheben, Darr. Die Arbeiter schaufelten sie für ein sehr, sehr schweres Gerät. Das Gerät kommt an, und alle sind ratlos. Es gibt meilenweit keinen Kran, der ein solches Gewicht heben könnte, Darr, hier, mitten in eurer Steppe, und auch nichts Behelfsmäßiges. Ingenieur Alexandrow starrt mit offenem Mund, und das Gesicht deines Gatten sieht aus wie das einer wütenden Kakerlake. Die Vorarbeiter faseln, wie sie das schwere Gerät auf Bettbolzen setzen wollen, sie stottern und stammeln, bis ihr fades Gemurmel verstummt.«

Unter dem *Life Magazine* liegt die gebundene Ausgabe eines neuen Buches von einem gewissen Ernest Hemingway. *The Sun Also Rises*. Darja blättert durch die Seiten. Paris, Pamplona, New York, San Sebastian … Hell klimpernde Namen, fern vom Steppenschlamm. Sie schnüffelt den frischen Tintenwind, den die Seiten beim Blättern machen. Winters unerbittlicher Fingerbohrer hat sie wund gerieben.

»Währenddessen brummeln deine Arbeiter in einem fort untereinander. Sie schieben einen Mann vor, mit ziemlich gewiefter Miene, eine Art slawischer Rudolph Valentino.«

Bei der Erwähnung von Rudolph Valentino werden Hughs Finger sehr feucht – es ist das Einzige, was Darja vom Fortgang der Geschichte mitbekommt.

»Neben ihm steht ein fetter, mehlbäckiger Clown von einem Freund. Ich habe die beiden schon mal gesehen. Sie können graben und graben, bei jedem Wetter! Sie packen ihre Hosen voller Dreck, als ob alles Gold von Klondike hierhertransportiert worden wäre, in diese öde Steppe. Der Clown-Freund sagt: ›Wenn ihr diesen Riesenschwanz sanft in das Loch hier kriegen wollt, ha ha, dann helfen wir euch. Schaut nur her!‹ Die Ingenieure und Katz werden nervös, aber ich winke den Arbeitern, dass sie loslegen sollen. Der Fette und sein Rudolph-Valentino-Freund füllen die Grube mit Eis, Darr, mit einfachen Eisbrocken, die überall rumliegen, und darauf schieben sie das Gerät an seinen Platz. Als sie fertig sind, setzen sie sich stolz auf ihre Hinterteile und zünden sich ihre widerlichen Selbstgedrehten an.«

Das Buch *The Sun Also Rises* beginnt mit einer Tirade über einen Schwächling namens Cohn, die Darja noch schläfriger macht als die Story von Winter. Doch aus Respekt vor dem Wort »Paris« beschließt sie weiterzulesen, später, nur ein klein wenig später, wenn ihr Bettgenosse endlich still ist, was noch nicht allzu bald der Fall sein wird.

»Die Ingenieure werden krebsrot, so schämen sie sich. Dein Gatte Katz explodiert fast, so hin- und hergerissen ist er: ›Habe ich euch nicht gesagt, dass die sowjetischen Arbeiter die besten der Welt sind?‹ Ingenieur Alexandrow dolmetscht für mich, und Mister Katz blickt Mister Alexandrow finster-spöttisch an, bevor er mir ein krummes Lächeln schenkt – weiß er etwas von uns, Darr?«

Sich das zu fragen, ist Darja noch nie eingefallen.

»Na, egal, das Eis schmilzt, und die Arbeiter pumpen einfach das Schmelzwasser ab«, labert Hugh weiter. »Der Gewiefte und der Fette haben behauptet, dass sie zu einer alten Kriegerrasse gehören. Kassocken, Kussiken, ich weiß es nicht mehr.«

Darja rollt sich rund wie ein Fötus und seufzt. Der beste Staudamm-Ingenieur beugt sich über die zusammengerollte Ex-Herzogin und gräbt seine Nase in ihre roten Locken. Süß murmelnd lässt sie ihren Kopf in ein Kissen sinken. Hugh versucht zärtlich-sanft, in Genossin Katz einzudringen, doch die schläft tief und fest.

8.

Das sandige Strandstück weiter unten am Fluss wird »Kaukasus« genannt. Von hier sieht man die Vielfraß-Stromschnelle. Zigeuner kampieren am Strand, zum Ärger des Obersten Bauleiters – sie arbeiten nicht mit am Damm, doch sie bleiben ihm auch nicht fern. Sie wohnen in geflickten Zelten. Man sagt, sie brennen Schnaps aus den unglaublichsten Sachen, sogar aus Kot.

Bei Sonnenuntergang ist Darja zum Zigeunerlager gelaufen. Der Dnjepr fließt dahin wie ein türkischer Teppich, er wogt voller Geschichten in Indigo und Rot, die Spuren der Stromschnellen sind sichtbar im Wassergewebe.

Die Zigeuner hocken am Ufer. Die Männer rauchen gemächlich, die Frauen hängen Lumpen auf Leinen, die sie zwischen eine Weide und eine Linde gespannt haben. Die Kleider flattern wie schlaffe Fasane im Wind. Ein lockiger Liebling des Lagers, der junge Rom Román, zupft eine milde Melodie auf seiner siebensaitigen Gitarre. Das Lied animiert Frauenschultern und -hintern zu verträumtem Wiegen. Stöcke rühren in Suppenkesseln, der aufsteigende Dampf erzählt von der heute glücklich verlaufenen Jagd nach Essen: Hasenfleisch.

»Ai-ne-ne-ne – welch hohen Besuch wir bekommen!« Rom Román wechselt vom Romani ins Russische.

Die Frauen drehen sich um und heften ihre schwarzen Blicke auf das hagere Gespenst mit den rosa Haaren.

»Fangt mir vier Füchse«, befiehlt Darja, ohne zu grüßen.

»Lieber fangen wir dir zwei Dutzend Hasen«, sagt der schöne Román, »die schmecken besser.«

»Das Fleisch könnt ihr behalten. Ich brauche die Pelze.«

»Wir sind keine Pelzhändler, zartrotes Geschöpf, wir sind Abdecker und Pferdediebe.«

Darja gibt dem Schmied Stepán, dem Ältesten, einhundert Rubel. »Das sollte euch umstimmen.« Ihr halbes Monatsgehalt, ein doppelter Arbeiterlohn. Die Zigeuner grinsen – das Geld wird sie durch den Winter bringen.

»Dann werden wir also für dich Häute abziehen, feines Fräulein.«

Eine alte Zigeunerin ergreift Darjas Hand. Ihre Röcke lassen die darunter gefangene Luft frei, jahrzehntealt, ihre Halsketten klingeln.

»Lass mich dein Schicksal lesen, du Edle, Auserwählte! Dünne Hand, blaues Blut … Ach, wie bedauernswert, ein fluchbeladenes Schicksal!«

»Lass mich, ich will nichts davon wissen«, Darja schüttelt den dunklen Griff der Zigeunerin ab.

»Ai-ne-ne-ne!« Das ganze Lager beginnt, auf Romani zu singen, eine Sprache fern von Darjas Kompetenzen. »Jawohl, buschschwänzige Füchse wollen wir fangen, schlaue Füchse für ihre Galgenschlinge!«

Rom Román zieht Hemd und Hose aus. Seine Nacktheit ist drahtig und straff, aber nicht scharf, sondern einladend warm, wie eine männliche Kamasutra-Figur. Angefeuert von seiner Sippe nimmt er Anlauf, den feinen Sand peitschend. Sein Körper verliert das Skelett und verflüssigt sich zu glühender Tinte. Als würde eine flinke Schreibfeder ihn führen, beschreibt der Körper ein kursives M … mit einer eleganten Schleife in der Mitte und einem offenen Dreipunkt am Ende. Ohne zu zittern taucht Román ins Oktoberwasser.

Er wirbelt sich den Weg hoch zum Vielfraß, der schon halb ertränkt ist vom wachsenden Damm, aber noch immer einen gefährlichen Strudel bildet. Román taucht aus dem Wellenschaum, von Nymphen liebkost, und presst seine Vorderseite auf den Granitfelsen, als könnte er einen Abdruck für die Ewigkeit hinterlassen.

Kein einziges Mal hat Alexander Sergejewitsch Puschkin in Moskau oder Petersburg damit geprahlt, dass er zur Sommersonnenwende des Jahres 1821 den Vielfraß-Strudel im schrecklichen Dnjepr schwimmend erreichte und nebenbei noch zwei betrunkene Kosaken erschreckte, die ihn für den Leibhaftigen hielten. Rom Román weiß nichts von Puschkin und somit nichts von einem Rivalen. Darja hat vor ihm keinen Menschen gesehen, der gegen die Strömung ankommt – im kalten Wasser, lange nach der Herbst-Tagundnachtgleiche.

9.

Grässlich geschmacklos, eine kümmerliche Konstruktion mit schiefem Tennisplatz – und doch ist Hugh Winters Blockhaus der einzige Ort am Dnjepr, der so etwas wie menschlichen Komfort bietet. Vor allem wegen des heißen Wassers in seiner Badewanne beehrt Darja den weltweit besten Staudamm-Ingenieur in jeder Mittagspause mit einem Besuch.

Hugh Winter hat schon viele Staudämme gebaut. Er weiß alles über sie. Er liebt die Dämme mit jedem Schlag seines Turbinenherzens. Er vergöttert Wasser in jeglicher Form, sei es als Eisdiamanten im Whisky oder als kalter Fluss, aus schweren Wolken geboren.

Winter ist von reiner Gestalt. Monolithischer Dreiklang aus Brustkorb, Kinn und Walkstoff, dazu blendend weißzahnig. Er trägt einen Ring mit einem großen Topas – eine Trophäe aus Ägypten, wo er den Assuan-Staudamm gebaut hat – und raucht Pfeife. Immun gegen jedes Klima, wohltemperiert seit seiner Geburt in Minnesota, reichen seine Fahrenheit-Kräfte von minus sechzig Grad bis plus hundertzwanzig.

Mister Winter, ein später Vierziger, ist in hervorragendem hydraulischem Zustand. Sein Bett ist für ihn ein Wattesee, geschwängert mit Strom. Wie ein Nonstop-Kraftwerk spindelt er Liebesbäche in die Turbinenschaufeln seiner Finger. Er inspiziert die feuchte Kavität, errichtet einen Schotterschutz, stoppt Lecks und prüft den Flutendruck mit vorbildlicher Sachlichkeit.

Nach jeder hydraulischen Siesta fühlt sich Darja Katz wie ein Überlaufkanal, der mit Beton verfüllt wurde, doch das heiße Nachspiel-Bad verflüssigt die klotzige Schwere.

Penibel beim Rasieren, hält Winter eine lebenslange Reserve an *Gilette*-Klingen und *Nennen*-Rasiercreme vor, diese amerikanischen Drogerieartikel von zweifelhaftem Stil. *No. 4711* war das Eau de Cologne, das Darjas Moskauer Diener zu trinken pflegte, wenn ihm der Wodka ausging. Welch Laune des Schicksals, dass Hugh Winter nun danach riecht! Dieses öde Bouquet aus Rosmarin, Mandarine und Thymian … »Ramschladengockel«, hätte Darjas Vater gutmütig über Winter gespottet. Doch jetzt, im Vergleich zum Baustellengestank, erinnert dieses nummerierte Wässerchen an einen fernen Morgen in der Provence.

Als Darja zum ersten Mal einen Fuß auf Hugh Winters Wohnzimmerteppich setzte, hätte die missliche Kakofonie des Teppichmusters sie beinahe zum Weinen gebracht. Der Teppich biss sich sowohl mit dem kitschig-geblümten Sofa als auch mit dem Linoleumboden. Das *Simmons*-Bett mit seinem stählernen Kopfgitter war hässlich, doch die *Liberty*-Matratze versöhnte Darjas Rücken, nachdem sie vom besten Damm-Ingenieur in alle Himmelsrichtungen aufgespult worden war.

Das einzige annehmbare Möbelstück im ganzen Haus ist ein Walnussschrank mit einem *Victrola*-Plattenspieler: golddüberzogen, mit farblich abgesetztem Furnier, einer Lasur und geschwungen verschnörkelten Beinen. Winter muss das schwere Ding den weiten Weg aus Amerika mitgebracht haben.

Im Sommer 1912 hatte sich Herzog Woronchin standhaft geweigert, dasselbe Modell von *Victrola* im ersten Londoner Grammofon-Geschäft an der Oxford Street zu erwerben, trotz Darjas sanften Flehens, trotz Mutters französischer Bitten. Es war keineswegs wegen der dreihundert Pfund zuzüglich Transportkosten, die der Herzog dem Inhaber des Geschäfts hätte bezahlen müssen (gratis zum Gerät bot dieser höfliche Gentleman auch noch eine wundervolle Sammlung von Klassikplatten an).

»Solange ich mir echte Musiker leisten kann, höre ich mir kein solches Geratsche an«, sprach Woronchin und drehte sich auf dem Absatz Richtung Ausgang. Darja, ihre Mutter und Mutters pfirsichfarbener Mops an der zitternden Leine schmollten ihm hinterher. Der Ladenbesitzer hielt ihnen persönlich die Tür auf, zuvorkommend und ohne eine Spur von Enttäuschung in seinem Gesicht, das von Generationen angelsächsischer Galanterie konditioniert war.

Um zu beweisen, dass persönliches Spielen einer plumpen Mechanik weit überlegen war, engagierte der mit seiner Familie nach Petersburg heimgekehrte Herzog täglich ein Kammerorchester, welches das Warten der Verdauung auf den nächsten Appetit im Salon live begleitete. Egal, ob für eine große Gesellschaft oder nur für sie drei: Die Musiker spielten Sinfonien und Concertos, Sonaten und Fugen à la carte.

In Winters Wohnzimmer öffnet Darja die glänzenden Türen zu den Schallplattenfächern. Nichts als sirupsüßer Schund mit bunten Etiketten: *Moonlight in Jungleland*, das geschwätzige *Bear's Oil*, die landwirtschaftliche *Forosetta Tarantella* und weiter so fort. Keinerlei klassische Musik. Die am wenigsten vulgäre Platte ist *John Brown's Body*. Vielleicht kann Darja die Melodie des Songs zu gegebener Zeit für ihre Große Damm-Hymne verwenden. Falls der Damm jemals fertig wird.

Für »lockere Stimmung«, um seine manuelle Vorspielphase zu begleiten, will Winter *Moonlight* auflegen.

»Wenn du je sehen willst, was unter diesem Kleid steckt, stellst du das Ding sofort ab«, schnappt Darja. »Es sei denn, du hast Tschaikowski oder Chopin in einer Schrankecke versteckt.«

»Singen die *Moonlight* besser?«, fragt Hugh.

Eine junge Adlige hätte nach dieser Aussage sofort gehen müssen, doch eine alternde Ex-Herzogin kann sich das nicht mehr leisten.

»Hab ich recht, Winterchen, dass du dein Gehalt hier gar nicht aufbrauchst?«, fragt Darja, während sie sich in langsamen konzentrischen Kreisen Winters Weichteilen nähert. »Wofür gibst du es aus – Tabak?«

»Yeah, für sehr schlechten Tabak«, bestätigt Hugh.

Er kauft seinen Tabak im Torgsin, einem speziellen, gut bewachten Laden für die Dammleitung, am Rande der Baustelle gelegen, weit weg von gierigen Arbeiteraugen.

»Willst du, dass ich bei dir bleibe?«, fragt Darja. »Willst du, dass ich mit dir nach Amerika gehe?«

Hugh ist tatsächlich ein bisschen verknallt in Darja. Mit achtundvierzig, seine Kinder erwachsen, seine Frau jedes Mal säuerlicher und welker, wenn er von einem langen Auslandsjob heimkehrt, könnte er eine neue Gefährtin recht gut gebrauchen, zumal eine von so erfrischender Spezies. Er fürchtet sich ein wenig vor ihrer wilden Tochter, doch die Kreatur hat ja noch einen Vater, der sie behalten kann. Diese russische Lady hat einen herrschaftlich-exzentrischen Stil, wie ihn Hugh noch auf keinem Kontinent erlebt hat. Er glaubt ihr sogar, dass sie zur Aristokratie Russlands gehört hat – ob als Herzogin oder nicht, das hängt von ihrem Talent für kunstvolle Übertreibungen ab, welches er nicht einschätzen kann, doch das ist auch nicht wichtig. Viel wichtiger ist ein weiterer Vorzug Darrs: ihre Geschicklichkeit in der Horizontalen. Oh, welch prickliges Fieber sie durch seine Druckrohrleitungen schickt! Vor allem diese verzückend-kreisrunde Eroberung, die sie so gut beherrscht: das zarte Wetzen der scharfen Zähnchen, aufreizend, aber nie schmerzhaft.

»Warum leihst du mir nicht, sagen wir, zweitausend Dollar?«, fragt Darr Hughs Bauchnabel. »Mein Familienschmuck liegt sicher in einer Schweizer Bank, aber von der Sowjetunion aus komme ich nicht an ihn ran. Sieh es als Investition: Ich besteche den Außenminister, und er stellt mir ein Visum aus. Dann hole ich meinen Schmuck, und du bekommst deine Dollars zurück – mit mir als Schlagsahne obendrauf.«

»Oh, Darr, das … ist eine sehr … schwierige Entscheidung«, keucht Hugh, doch einen Moment später ist er schon besiegt und schlaff.

Soweit möglich, werden ausländische Spezialisten abgeschirmt vom sowjetischen Leben. Hugh Winter weiß nicht, dass Bestechungsversuche die Todesstrafe bedeuten. So sind die neuen Gesetze mit dem Großen Steuermann Stalin am Ruder. Einer Ex-Herzogin würde man niemals gestatten, ins Ausland zu reisen, tausendmal weniger noch als einer bescheidenen Arbeiterin.

Darja besitzt überhaupt nichts. Schmuck und Schweizer Bankpapiere wurden ordnungsgemäß im Petersburger Haus konfisziert, bevor ihre Eltern Zuflucht suchten im Moskauer Pollenpalais, wo sie ein Hinrichtungskommando empfing, auf einen Lastwagen lud und zu einem Vorortwäldchen mit geräumiger Schlucht fuhr.

Auf der Veranda wirft Hughs frisch angestellte Haushälterin Genossin Katz einen bösen Blick zu. Offenbar ist die farblose Mistkäferin in ihren Master verliebt; man braucht keine Brille, um das zu sehen.

10.

Allein am Abend, im Schein der Kerosinlampe im Schlafraum der Bauleitungsbaracke, die nur eine größere und reinlichere Ausführung des Grundmodells ist, schlägt Darja wieder *The Sun Also Rises* von Ernest Hemingway auf. Vor ein paar Tagen hat sie sich das Buch kurzerhand von Hughs Nachttisch geschnappt, zusammen mit einem Bündel grüner Banknoten, taub für sein schläfriges: »Aber, Darr – ich bin noch nicht fertig!«

»Du meinst, du hast noch gorrr nicht angefangen«, schnappte Darja, seinen Minnesota-Akzent nachäffend.

Obwohl ein sehr zweitklassiger Kurort für ihr welkendes Oxford English, verspricht *The Sun Also Rises*, unterhaltsam genug zu sein. Doch bald wird Darja klar, dass es eine sehr falsche Lektüre ist. Wut sammelt sich in einer Furche zwischen ihren Augenbrauen, Neid verschlingt sie bis zu den pinken Haarwurzeln. Mit achtunddreißig zehrt Darja in der ukrainischen Steppe von den letzten Resten ihrer Schönheit, darbend vom ekligen Essen. Oh, hätte sie doch auf Coco gehört, hätte sie doch das Angebot angenommen!

Im Paris des Jahres 1916 hatten sie alle zusammen im Ritz diniert, als Mademoiselle Chanel sprach: »Lassen Sie die schöne Darja hier in Paris, Herzog. Hier ist sie sicher vor Ihrer *révolution russe.*«

»Nur über meine Leiche!«

Vater, noch auf Rang eins in der russischen Adelstabelle, stieß die Spitze seines Spazierstocks ins Parkett, das Holz spaltend wie eine Gewehrkugel, sodass der erschrockene Kellner eine Terrine mit Consommé über Mutters pfirsichfarbenem Mops verschüttete. Nie im Leben würde er seiner Tochter eine Arbeit erlauben, schon gar nicht als Flittchen – ja, ein Mannequin war ein Flittchen.

Wäre Darja damals über den noch quicklebendigen Leib ihres Vaters gestiegen, so wäre sie noch heute die bewunderte, elegante, geheimnisvolle russische *duchesse*, die in denselben Cafés verkehren würde wie dieses astreine Flittchen Brett, und anders als Brett müsste man sie erwürgen, bevor sie mit diesem Cohn schlafen würde. Ihre Augen ohne ein Fältchen, würde sie die spanische Hitze Pamplonas genießen und ihre geistreichen Kurven zweifellos neben dem Rumpf einer Rennjacht aufblitzen lassen. Falls überhaupt heiraten, warum nicht die Allerbesten – Picasso, Breton oder Dalí –, sie hätte jeden von ihnen rasend vor Liebe gemacht. In dieser Lage hätte sie vermutlich den Kompromiss eingehen und sich an die neumodische Musik namens *Jazz* gewöhnen müssen, falls sich dies als unvermeidlich erwiesen hätte.

Der junge Stierkämpfer, Bretts Halstuch auf seinem Degen, gewinnt einen weiteren Kampf, doch sie scheint trotzdem den kastrierten Jake zu lieben. Chaim Katz, obwohl gut bestückt, ist derzeit ebenso nützlich im Bett wie Hemingways Erzähler. Die Gegensätze zwischen Darja und Chaim, unüberwindbar geworden im Laufe eines Jahrzehnts und nun gekrönt auf dieser Baustelle, haben die letzten Reste gegenseitigen Begehrens aufgeleckt. Chaim denkt nur noch daran, wie der Große Staudamm dem Genossen Stalin gefallen wird. Wie Läuse haben derart dümmliche Kümmernisse seine Seite der fruchtlosen Schlafstatt befallen. Die Revolution hat Darja nicht nur Schmuck, Adelstitel und Vermögen geraubt. Sie hat offenbar auch den vom Schicksal für sie bestimmten Prinzen verschlungen, bevor sie die Gelegenheit hatte, ihm zu begegnen.

Die Sonne steht hoch in der Bucht von San Sebastian, das Buch ist beinahe zu Ende. Jake ist gerade vom Schwimmen zurück, ruhig und erfrischt. Er hat sich in einen Liegestuhl gelegt, um die neuesten französischen Sportmeldungen zu studieren, als die Concierge mit einem blauen Briefumschlag kommt, ein SOS von Flittchen Brett, die »in ziemlichen Schwierigkeiten« steckt.

Doch ehe Jake der Concierge ein Trinkgeld geben kann, fliegt die Tür zum Schlafzimmer auf.

»Lass mich in Ru-u-uhe, blöder Va-a-ater!«, schreit Manja, am Ohr vorwärtsgezogen. Die Wanduhr schlägt Mitternacht. Vater Katz wirft sein Balg auf das Bett.

»Eure Exzellenz waschen sich dreimal am Tag – nach jeder Paarung –, aber es ist unter Eurer Würde, der eigenen Tochter die Nase zu putzen. Es ist unter Eurer Würde, die Tochter das Lesen zu lehren. Ich habe es satt, hörst du, elende Hure? Ich habe es verdammt noch mal satt! Entweder kümmerst du dich um dein Kind, oder es kommt ins Waisenhaus!«

Katz nimmt einen Topf mit heißem Wasser vom Gasherd und beginnt, Manja mit einem nassen Lappen zu waschen.

»Ich wusste immer, dass du nichts taugst. Meine Mutter hätte dich angespuckt, Gott bereite ihr ein Grab weich wie Daunen«, fährt der Oberste Bauleiter in trister Ferne fort, beinahe unhörbar im Sud-Express Richtung Madrid, wo Jake und Darja im Waggon frühstücken, mit Blick auf das Fels- und Kiefernland zwischen Ávila und Escorial.

»Ich kann nicht einmal aussprechen, was mein Vater über dich in fünf Sprachen gesagt hätte, Gott schenke ihm Ruhe in seiner Schlucht«, sagt Darja routiniert, ohne viel Elan.

»Läuse! Das Kind ist so voller Läuse wie du mit ausländischen Wörtern – und mit ausländischer Brut!«

Chaim gibt etwas Kerosin ins Wasser und gießt es Manja über den Scheitel.

»Grrrrr, fick dich, fick dich!«, kreischt das Kind mit Mowgli-Stimme.

Chaim presst den Kopf seiner Tochter zwischen seine Knie und beginnt, die zischenden Zöpfe mit einer Blechschere abzuschneiden. Dann rasiert er den Kopf mit seinem Rasiermesser kahl.

Darja legt das Buch weg und nimmt Notizheft und Füllfederhalter zur Hand. Sie schreibt das nächste Lied, das sie den Arbeitern einbläuen wird:

Mein Zap in der Steppe,
Bollwerk des Landes,
Mit Stärke und Blut,
Im Gelause der Neuzeit.

Der Propagandadirektorin in ihr hat soeben gedämmert, das dröge Zaporoschje kühn zu rasieren: Zap – ein Neologismus, eine wieselflinke Erfindung. Mit diesem bissigen Ansporn des Namens wird auch die Stadt radikal neu.

Chaim schläft tief und fest; in Stiefeln liegt er auf dem Bett. Die kahlköpfige Manja schnieft sich friedlich in ihren ersten Traum, die Jacke des Vaters umklammernd, sein Ohr zwischen den Zähnen, ihr Gesicht eine müde Pfütze.

Selbstverständlich korrigiert Darja das Wort »Gelause« zu »Aufwind«, bevor sie die Kerosinlampe löscht.

11.

Der Staudamm-Lagerist Aaron Knoblauch verbrachte den Abend damit, die zwei dunkelbraunen Zöpfe zu kämmen. Von jedem Haar las er die vielen winzigen Perlen – tote Läuseeier. Er weichte die gesäuberten Locken in einer Schüssel mit Kernseife ein und übergoss sie mit einer großzügigen Menge Wasserstoffperoxid aus dem Krankenrevier. Die Arbeiter machten sich nie die Mühe, zum Desinfizieren ihrer Wunden zum Feldscher zu gehen, also hatte Aaron eine ganze Flasche gegen eine Wolldecke aus seinen Beständen getauscht. Innerhalb einer Viertelstunde erntete er einen gebleichten Flausch, lebloses Werg. Er spülte es in einem Zinkeimer, kochte dann einen starken Kamillentee und gab ein wenig Sonnenblumenöl in die Schüssel. Schließlich legte er die einstigen Zöpfe zum Trocknen auf einen grauen Kissenbezug. Der nächste Morgen bescherte ihm eine glänzende Goldmähne, die einer Prinzessin würdig war.

Die Personalchefin, ein roter Orkan von einer Frau, war zu ihm hereingestürmt. Ohne zu grüßen befahl sie ihm: »Mach eine Puppe für meine Tochter! Beweise mir, dass du so geschickt bist, wie deine Personalakte sagt. Und nimm das hier, um Kissen zu füllen.« In einem Leinenbeutel überreichte sie ihm das Haar ihrer Tochter, nicht ahnend, wie wertvoll es war.

»Wie Sie wünschen, Genossin.« Aaron verbeugte sich altmodisch.

Er hatte diese Tochter gesehen; sie wirkte nicht auf ihn, als brauchte sie eine Puppe. Aarons Frau Shoora schüttelte ihren

Lockenkopf, wenn sie das Gassenkind sah. Sie versuchte, ihre eigenen Kinder, Sheila und Dod, fernzuhalten von diesem wilden Ding.

Nach dem wahren Zweck des Puppenauftrags erlaubte Aaron sich nicht zu fragen. Er ging die Aufgabe mit Begeisterung an, denn sie versprach ein Wiederaufleben seiner Berufung en miniature.

In getrennten Blechschüsseln verdünnte er Permangansäure, die man gewöhnlich zum Baden neugeborener Dammbabys benutzte. In die Säure legte er ein Stück von einer grauen Armeewolldecke und ein halbes Bettlaken und fügte fünf Tropfen blauer Tinte hinzu.

Am Flussufer sammelte Aaron ein wenig Ton, den er mit Kreide mischte. Auf dem Rückweg zu seinem Lagerhaus, in der Dämmerung, kam er an der Maschinenhalle vorbei. Mit dem Taschenmesser kratzte er ein wenig kostbaren rosa Tuffstein in einen Fetzen Packpapier. Damit wollte er die weißliche Tonerde rosa färben (das Berühren dieser heiligen Mauern stand unter Strafe).

Aaron knetete und formte, bis er den Prinzessinnenkopf mit den hohen Wangenknochen und der griechischen Nase vor sich hatte, dann machte er die eleganten Händchen und Füßchen. Er zerbrach eine blaue Glasphiole und feilte zwei Scherben zurecht, bis er zwei perfekt gerundete, dunstige Augen für die Puppe hatte.

Als der Ton noch sehr weich war, schnitt er fünf Millimeter von einer pechschwarzen Schuhbürste und bog die Borsten mithilfe von Leim in Wimpernform. Eine märchenhaft lange Wimper nach der anderen steckte er um die mit Schuhcreme gezeichneten Mandelaugen. Sie bildeten einen verblüffenden Kontrast zu den goldblonden Haaren.

Kleid und Unterrock schmückte er mit kleinen Schrapnellsplittern, wie man sie aus dem Bürgerkrieg noch immer reichlich in der Erde fand. Den »Hermelinmantel« strickte er aus Watte, die er mit seinen Fingern um ein Nudelholz spann – locker, nicht zu fest. In die Ränder der Watte webte er funkelnde Zinkspäne für kostbaren Glanz.

Aaron füllte die Puppe mit Dnjepr-Sand.

Aus Draht bog er ihr einen Reifrock, nähte den Überrock und bestickte den blauen Saum mit einem komplexen, majestätischen Muster. Kleine Lederschühchen – er färbte sie blau und nähte ihnen Schnallen auf.

»Die Puppe sieht überhaupt nicht proletarisch aus, Genosse Knoblauch«, sagt Darja Katz. »Wie darf ich das verstehen?«

»Sie soll auch keineswegs proletarisch sein«, erwidert Aaron.

»Hast du keine Angst, dass ich dich wegen ideologischer Inkompatibilität feuern könnte?«

»Madame sans merci, ich konnte nicht anders«, lächelt Aaron. »Sie sehen ja selbst aus wie eine echte Gräfin, wenn nicht noch mehr.«

Manja bleibt schon seit einer Woche im Bett. Sie ist kerngesund, aber kahlköpfig im Lager herumzuspazieren würde sie vor Scham rot und lila färben. Damit die Lagerkinder ihr keine Spitznamen geben, die schlimmer sind als die Hölle, will Manja in der Baracke bleiben, bis ihre Haare wenigstens wieder so lang sind wie die eines Jungen.

Beim Anblick der blonden Puppe im Prinzessinnenkleid stößt das Mädchen ein Baghira-Schnurren des Erstaunens aus. Sie hat noch nie ein Geschenk bekommen, und dieses hier ist ein richtiger Schatz, ein Sprengsatz an Fraulichkeit: unbekannte, wunderbare, unerforschte Dimensionen von Ehrfurcht und Liebe.

Manja weiß nicht, wie sie die Puppe nennen soll. Sie will ihre Überraschung vor der Mutter verbergen und tut deshalb, als scherte sie sich nicht um das Geschenk, doch unwillkürlich dringt ein entzückter Atemzug aus ihrer elfjährigen Brust. Im selben Moment tropft das erste frühreife Blutklümpchen aus ihrer Scheide. Zu stolz, um ihre Mutter nach der Ursache zu fragen, glaubt sie, dass sie sterben muss.

Manja versteckt die Prinzessin unter ihrer Matratze, damit niemand sie stiehlt. Am gleichen Abend schon weiß sie dank der Jugendlichen im Lager, die es ihr dammtauglich erklären, alles über die Menarche. In der Nacht steckt sie die Puppe unter ihr schmuddliges Unterhemd und murmelt halbe Liebkosungen, halbe Beschimpfungen. Sie riecht das Kamillenhaar, die Kleider, sie prüft, ob die Puppe Brüste hat – sie hat welche, sandgefüllte, unter dem Unterkleid! Sie guckt unter den Reifrock. Der Schoß ist rätselhaft, nicht zu finden. Manja stellt sich vor, dass er da ist, und fragt sich, ob er je bluten wird.

12.

Nie hatte Rosa Knoblauch ein schöneres Haus betreten – ganz für Mister Winter allein. Als Kind musste sie sich mit zehn Geschwistern ein Zimmer teilen, deshalb erschien ihr das Blockhaus auf den ersten Blick fast unerträglich geräumig. Sie fürchtete, ihr Verstand könne sich darin verlieren, in dem riesigen Wohnzimmer, der Küche, dem Bad, dem Schlafzimmer – alles zusammen so groß wie Rosas heimatliche Ghetto-Synagoge vor dem Pogrom.

Josef Wissarionowitsch Stalin hatte dem Amerikaner Hugh Winter befohlen, sich auf der Baustelle des Dnjepr-Staudamms wie zu Hause zu fühlen. Weil niemand so richtig wusste, was Mister Winter brauchte, um sich zu Hause zu fühlen, fasste man den sinnvollen Plan, dem besten Ingenieur von Staudämmen ein typisch amerikanisches Blockhaus an den Dnjepr zu stellen. Der Gesandte-Botschaftsrat der sowjetischen Botschaft in Washington ließ seine Sekretärinnen höflich telefonieren und fleißig recherchieren. Schließlich entdeckten sie den Versandkatalog von *Sears, Roebuck and Company*, der Bausätze für ganze Häuser feilbot.

Im Frühjahr 1928 wurde das *Winona Sears Home Kit* zum Preis von tausendneunhundertachtundneunzig Dollar in Chicago bestellt, plus tausend Dollar für den transatlantischen Transport. Weder der Preis noch die baulichen Eigenschaften gaben den Ausschlag für die Wahl des Modells. Der Gesandte-Botschaftsrat hatte den Lebenslauf des besten Staudamm-Ingenieurs studiert und genau dieses Haus ausgesucht, weil es so hieß wie Hugh Winters Heimatstadt.

Fünfundzwanzig Tonnen, dreißigtausend Bauteile: Balken, Eichenparkett, Wände, Nägel, Türangeln, Farbe, Dachziegel, Türknäufe, Dachrinnen, Abflussrohre, Stromkabel, Lampenfassungen, Kamin, Kühlschrank, Zentralheizung, Wasserklosett, Waschbecken mit glitzernden Hähnen, eine Badewanne aus Porzellan – alles grellweiß. Einen Monat nach der Order lief *Winona* im Hafen von Odessa ein und wurde vom Frachtschiff auf einen Güterzug verladen, wo sie zwei komplette Waggons für sich beanspruchte. Am Ziel ihrer Reise, in Zaporoschje, wurde sie von fünfzig Pferdewagen zum Dnjepr gezogen, wobei keines ihrer eleganten Bauteile auch nur einmal auf die staubige Straße fiel und wieder aufgeklaubt werden musste.

Ein einziger Bautischler hätte genügen sollen, um *Winona* zusammenzusetzen, so stand es im Begleitschreiben, doch vermutlich war ein amerikanischer Bautischler gemeint. In Zaporoschje brauchte die gesamte Tischlerbrigade mit all ihren Pferden eine Woche, um den ausländischen Haufen Baumaterial zu bestaunen und sich mit dem Werkzeugkasten vertraut zu machen, dessen schimmernde, schwindlig machende Vielfalt eher an ein Operationsbesteck denken ließ. Sie brauchten einen weiteren Monat, bis sie die Montageanleitung verstanden. Es folgte ein Jahr voller Verwünschungen und Flüche, voller misslungener Montageversuche, Aufbauen und wieder Einreißen, ehe *Winona* aus Tischlerschweiß und Pferdeschaum emporstieg, mit bahnbrechenden Formen und zum Glück nur kleinen Geburtsfehlern: die Vorderveranda grinste ein wenig schief, die weiße Farbe beulte sich auf den Balken in trunkenen Buckeln, und die Klobrille quietschte, wenn Winter auf ihr Platz nahm.

Zuerst hatte sich Rosa vor dem riesigen *Hoover*-Staubsauger gefürchtet (inklusive Versandkosten hatte er so viel gekostet wie der gesamte Weizen des Dorfs Balabino), doch dann lernte sie, ihn zu benutzen. Es ging viel fixer als mit dem Reisigbesen. Sie liebte es nun, ihn zu schwingen, ihn über die Weiten des azurblau schimmernden Bodens gleiten zu lassen, diesen Boden mit seinen überaus interessanten Mustern aus roten Lilien. Regelmäßig wechselte Rosa die Filter; ein Filter kostete so viel wie ein Sack Roggen.

Die Arbeiter hatten das gesamte Eichenparkett mit Linoleum bedeckt, was sie sehr zeitgemäß fanden. Eiche galt als altmodisch, sie wuchs überall, und sämtliche Arbeiterbaracken und Särge waren aus Eichenbrettern gemacht.

Am Bügeltisch stehend, tauchte Rosa mit ihrer Wange in jeden der Baumwollseen, die Winters Hemden für sie waren: blau, weiß, perlgrau. Ohne Lineal faltete sie die Hemden in geometrischer Perfektion – Länge und Breite ihrer Werke waren eigene Maßeinheiten. Scheu legte sie auch die Unterhosen zusammen und fühlte sich fast als Sünderin, wenn sie die Mittelnaht glättete.

Manchmal beobachtete Rosa Mister Winter, wenn er an seinem prächtigen Reißbrett arbeitete. Pausen machte er nur, um die Kurbel an der Seite seines lackierten Schränkchens zu drehen, welches mit dem Kopf einer Getreidegarbe gekrönt war. Mit ihrem Diamantstachel kratzte eine goldene Wespe fein säuberlich liebliche Musik aus einem harten schwarzen Pfannkuchen. Kurz bevor sie den hellen Marmeladenbelag in der Mitte berührte, sprang sie rülpsend in die Höhe. Mister Winter hatte viele singende Pfannkuchen in seinem Lackschrank. Jeder steckte in einer Papierhülle mit einem runden Loch, um seine jeweils eigene Marmeladensorte zu zeigen.

Mister Winters Lieblingssorten waren Kakipflaume, Kirsche und schwarze Johannisbeere: Sie gab er der gierigen Goldwespe am häufigsten zum Drüberkrabbeln. Die Kakistimme war dick, süß und nächtlich. Die Kirsche klang lustig, wie ein hüpfendes Äffchen, und die schwarze Johannisbeere wirbelte und zuckte in einem unanständigen Tanz: Männer und Frauen berührten einander, so glaubte Rosa, an Schultern und Hüften!

An ihrem ersten Arbeitstag hatte Mister Winter sie durch das Haus geführt. Er zeigte auf die Gegenstände und nannte ihre englischen Namen. Seine Stimme klang wie Löwengebrüll, das brausende Markenzeichen des besten Flusszähmers der Welt.

Rosa, die weder lesen noch schreiben konnte, versuchte es mit Eselsbrücken. Artig wiederholte sie: »table«, und ergänzte die phonetische Asymptote mit dem jiddischen »tish«. Auf das Wort »chair« antwortete sie mit: »shtul.«

Hughs Mutter war Deutsche, sein Vater Norweger, und Deutsch war die Lingua franca seiner Kindheit gewesen. Um ihren Ehemann über den Verlust seiner Fjordsprache hinwegzutrösten, hatte Hughs Mutter ausschließlich norwegische Gerichte gekocht. Die Rezepte gab ihr die Schwiegermutter, eine Frau wie ein blonder Berg: Spinatsuppe, Krautwickel mit Muskat und die einzigartigen, empfindsamen *Krumkaker* – Waffelröllchen mit feinsten Mustern und einem Hauch von Kardamom. Unvertraut, aber nicht unverständlich setzte Rosas Jiddisch Hughs lange ausgetrockneten deutschen Zufluss wieder unter Wasser. Seine rostige Teutonenseele erwachte. Mit ungelenker Zunge befragte er Rosa über ihr Leben und über die Sowjetunion, doch über Politisches reden konnte sie nicht; sie wusste nicht einmal über die einfachsten Dinge Bescheid. Sie wusste nur, dass der Große Steuermann Stalin der gerechteste, weiseste Mann auf der Welt und der Freund aller Nationen war.

Rosa wäre die perfekte jüdische Gattin geworden: hingebungsvoll wie ein Hund, sittsam, nicht eben schön, aber ansehnlich genug, eine ausgezeichnete Köchin und leidenschaftliche Putzfrau. Man hatte für sie schon einen Bräutigam ausgewählt, einen koscheren Metzger – doch irgendwo zwischen immer neuen Pogromen und Typhuswellen, zwischen Revolution und Bürgerkrieg war der Bräutigam verloren gegangen, ehe Rosa ihn zu Gesicht bekam. Unbefleckt schloss sie sich der Armee der Proletarier an. Ihr Vetter Aaron Knoblauch, der dem Bauleiter einen neuen Schaffellmantel genäht hatte, rettete sie vor dem Schicksal als Brigadeköchin. Rosa wurde geradewegs zu Hugh Winter geschickt.

Als Sahnehäubchen ihres täglichen Putzregimes sparte sich Rosa gewöhnlich das mit venezianischen Spiegeln verzierte Arzneischränkchen auf, das im Bad über dem Waschbecken hing. Mister Winters Rasierzeug bewunderte sie besonders. Die gelb-grün gestreifte *Nennen*-Tube, gefüllt mit dickweißer Creme, »Fettbäuchlein«, wie Rosa sie liebevoll nannte, wurde mit jedem Tag schlanker, bis sie, dystroph, schon hohlbäuchig, von einer neuen, identischen Tube ersetzt wurde. Dazu gehörte das schwarzlederne *Gillette*-Schatzkästchen mit dem silberbelippten Rasierer, von Rosa »koscherer Metzger« genannt. Sie turtelte mit dem Rasierzeug, während sie es von den Rückständen des morgendlichen Bartschabens befreite.

Den Höhepunkt von Rosas Ritual bildete ein dunkeltürkiser Flakon, goldgefriest, mit der Zahl *4711* in der Mitte. Siebenundvierzig Jahre alt war Rosas Mutter gewesen, als sie ihr letztes Kind gebar, und elf war die Zahl der Knoblauch-Kinder insgesamt. Schuldvoll drehte Rosa den Schraubverschluss. Sie schwor sich täglich, es nicht wieder zu tun, denn Mister Winter könnte es bemerken und sie feuern. Sie sog den atemberaubenden Duft ein, überzeugt, dass so das Paradies roch – milde Kräuter, wundersame Früchte, die sie nicht bestimmen konnte –, und tippte das Fläschchen für ein Minisekündchen gegen die Kuppe ihres Zeigefingers. Sie labte sich am Duft des Fingers, solange dieser

Wonne verströmte, den ganzen Weg zurück zur Baracke, die Rosa mit zwanzig anderen alleinstehenden Dammfrauen teilte: Betongießerinnen, Tellerwäscherinnen, Anstreicherinnen. Sogar nachts unter ihrer Armeedecke konnte sie das *4711* spüren.

Als die fuchshaarige Chef-Schickse zum ersten Mal in Mister Winters Blockhaus kam, füllte sich das Schlafzimmer mit Wildkatzengeruch. Als sie wieder ging, war Mister Winters Anzug arg in Mitleidenschaft gezogen, ebenso das blaue Hemd, das er an jenem Tag getragen hatte. Rosa holte Aaron, damit er die Kleider flickte. Kurze Zeit später wurde Aaron befohlen, Mister Winters Kleider enger zu machen, denn Mister Hugh hatte aufgrund der Unwägbarkeiten am Dnjepr tatsächlich abgenommen. Seine hydraulischen Siestas trugen ebenfalls zum Gewichtsverlust bei. Rosa beneidete Darja Katz – und hasste sie bis aufs Blut.

13.

Am Rand der Baustelle, in maximaler Entfernung vom Arbeiterdorf, steht eine große Baracke mit dem Schild »TORGSIN – Außenhandel«. Ausländische Waren liegen im Schaufenster. Nur die höherrangigen sowjetischen Angestellten und Hugh Winter dürfen den Laden betreten. Für den preiswertesten Artikel, eine Tafel belgischer Schokolade, müsste ein einfacher Arbeiter einen vollen Wochenlohn hinblättern. Zwei flintenschwingende Milizionäre patrouillieren rings um die Baracke. Die Ware ist nicht von erstklassiger Frische. Um genau zu sein, ist sie mehr oder minder abgelaufen.

Der Verkäufer ist Armaïs Esaw-Yantz, ein Armenier mit den Nasenlöchern eines gewieften braunen Maultiers. Der Rest an ihm ist eckig, vom Kopf bis zu den Fingerspitzen.

Erwartungsvoll lehnt er sich über den Tresen. »Wie gefällt Ihnen das?«

Über ein Stück des Tresens, das er von geräucherten Würsten, Süßigkeiten, Zigarren und holländischem Käse befreit hat, breitet Armaïs einen Bogen Packpapier. Darauf lässt er eine schwere Rolle cremefarbener Seide fallen. Sie macht den gleichen dumpfsaftigen Plumps wie Manja, als diese aus ihrer Mutter auf den schwarzen Tisch im Krankenrevier der Moskauer Schießpulverfabrik flutschte. Eine zarte Wolke cremigen Tafts sitzt oben auf der Seide, wie die Schaumbaisers zu Darjas fünftem Geburtstag; der blaue Brokat der Schneekönigin; eine Rolle goldrosigen Zwirns, bewundert von blassäugigen Perlenknöpfen, die wachsam auf ihrem Papptellerchen stecken. Eine zweite Rolle mit noch mehr Gewicht plumpst neben die Seide: ein Wulst pechschwarzer Wolle von edler Strenge, in jeder Faser das Nordmeer.

»Gut gemacht, Armaïs«, sagt Darja. Sie spannt ihre Gesichtsmuskeln an, damit der Verkäufer ihre Erregung nicht sieht. »Und jetzt zeig mir die Schuhe.«

»Sie dürfen sich freuen«, sagt Armaïs. »Diese Schuhe sind einer Königin würdig.«

Darja riecht das feine Leder schon, als es noch unter dem speckigen Verkaufstresen schlummert: das univoke Aroma von *Lanvin*, Rue du Faubourg Saint-Honoré, Paris. (»Diesmal kaufen wir nichts, Ehrenwort«, pflegte die Herzogin-Mutter am Eingang des Ladens zu sagen. Innerhalb einer Stunde schleppten ihre Bediensteten zehn, fünfzehn Schatzkartons zum Ritz, im Inneren grazile Lederpumps: hummerpink, lila, leopardengefleckt … Jedes Paar zum Preis eines guten Bauernhauses. Neidvolle Anstandsdamen stützten Mutter und Tochter, beide schlaffpulsig und halb ohnmächtig, von den Schmeicheleien der Schuhverkäuferinnen bis zur Erschöpfung verwöhnt.)

Darjas zaghaftes, blindfingriges Tasten im halb offenen Karton trifft auf das längst vergessene Wunder: Kalbsleder, fein wie ihre Haut – ach, feiner schon, leider. Das steile Heck, die Innensohle mit seidigen Mulden, der kräftige Absatzkeil, die Oberseite des Schuhs mit Spitze besetzt … Darja befühlt jedes Knötchen, wartet noch ab, bis sie langsam und unwiderruflich den Kartondeckel lüftet …

»Ich hatte cremefarben gesagt, nicht schwarz, du Schuft!«, zürnt die Ex-Herzogin.

»Warum so wählerisch? Loulou lässt ausrichten, dass Coco Chanel diese Saison nur Schwarz akzeptiert. In ganz Paris sind keine cremefarbenen Schuhe zu finden.«

»Was verstehst du schon von Mode, du Tölpel!«

»Wäre ich in Paris geblieben, verehrte Herzogin, würde ich jetzt am Moulin Rouge die Kostüme entwerfen. Mein Freund Toulouse-Lautrec meinte damals zu mir: ›Armaïs, du hast Glück, dass du nicht so klein bist wie ich!‹ Zeigen Sie mir jede beliebige Frau auf seinen Bildern, und Sie können sicher sein, dass ich mit ihr bekannt war – gut bekannt sogar.«

»Lautrec starb vor deiner ersten nächtlichen Absonderung.«

»Wie pedantisch Sie sind«, Esaw-Yantz wiegt den Kopf. »Aber denken Sie, was Sie wollen, Madame: Im hiesigen Dammdreck ist Schwarz die beste Farbe für Schuhe.«

»Also gut«, fängt sich Darja. »Und schreib jetzt Folgendes auf: zwei Moorhühner, eine Kalbszunge, eine Flasche Madeira-Wein, halbtrocken, Kaviar vom Stör, saure Gurken, einen Hummer, Kabuler Sojasoße, Kapern, zwanzig Wachteleier, französischen Essig und eine Unze *Huile de Provence*. Der Rest der Summe, die du von mir bekommen hast, ist dafür mehr als genug.«

»Machen Sie Witze mit mir, Ekkssellenz?«, fragt Armaïs. »Die mickrigen zweitausend sind längst aufgebraucht. Meine Männer in Odessa, unterwegs mit Ihren Bestellungen, wurden um Haaresbreite erwischt und ekkssekutiert. Denken Sie an die vielen Zöllner und Schiffskapitäne, die man bestechen muss! Meine Schmuggler setzen ihr Leben nicht für Kleingeld aufs Spiel. Sie brauchen mehr, wenn sie die zwanzig Wachteleier nicht auf dem Weg hierher aufessen sollen. Und Ihre Schuhe – meine Loulou ist die beste Nutte im Moulin Rouge, sie weiß nichts von unseren lachhaften sowjetischen Löhnen. Glauben Sie etwa, meine Leute machen das alles nur, weil Sie so schönes Erdbeerhaar haben?«

»Esaw-Yantz, behalte deine Sindbad-Märchen für dich. Essen ist billiger zu beschaffen als Seide.«

»Aber eine Odyssee ist es doch, Genossin Katz. Das hungrige Moskau, die drakonischen Strafen, zehn Jahre Sibirien – besser, man wird auf der Stelle erschossen.«

»Mehr habe ich nicht, und das weißt du genau. Zweitausend waren schon frech genug, dafür hätte ich sogar noch eine Hermelinpelisse haben können. Also lüg mich nicht an, Esaw-Yantz, du wirst deinen Halsabschneidern keine Kopeke mehr zahlen.«

»Sagen Sie, was Sie wollen, aber vergessen Sie nicht: Ich bin zwar Armenier, aber ich kann auf Russisch sehr schöne Briefe schreiben. Ich werde Sie besingen, und ich weiß schon, wer die Briefe verschlingen wird. Die harten Kerle werden zu Tränen gerührt sein.«

Es ist nicht so, dass sich Darja Katz sonderlich freut auf den Rest ihres Lebens. Oder dass sie Armaïs Esaw-Yantz nicht erpressen könnte mit seiner Personalakte, die voll ist von Vergehen aller Kaliber, bis hin zu Straftaten. Aber es wäre schade, ihrem Vorhaben mitten im Flug die Flügel zu stutzen.

»Ich habe kein Geld mehr, Armaïs«, wiederholt sie leise.

»Wenn das so ist, Eure Ex-Ekkssellenz, gibt es nur ein Zahlungsmittel. Das ist kaum eine Erniedrigung für Sie, schließlich stamme ich aus einem armenischen Grafengeschlecht.«

»Deine ansonsten sehr gesprächige Personalakte ist über diesen Punkt verdächtig still«, bemerkt Darja.

Esaw-Yantz fasst sie an der Schulter und dreht sie in Richtung des Lagerraums.

»Schreib erst die Liste fertig«, sagt Darja und schiebt seine eckige Hand weg. »Anchovis, Kapern, Wachteleier, Kabuler Sojasoße, Kaviar vom Stör, fünf Pfund, Massandra-Wein, fünf Flaschen aus dem Weinkeller des Zaren. Meinen Lieblingswein, die *Königin von Hawaii*, eine Cuvée von 1891, wirst du nicht auftreiben können. Aber die Cuvée von 1905, *Früchte des Zorns*, ist vielleicht noch zu haben.«

»Das hätten wir«, sagt Armaïs feucht grinsend und legt den Bleistift weg. »Ich schwöre bei meinen zwei Söhnen, es wird dir gefallen.«

14.

Petro lädt den Sack, schwer wie Blei, an der Treppe zum Lagerhaus ab. Wie befohlen hat er ihn den ganzen Weg vom Torgsin auf einem Eselkarren hergebracht. Angeblich handelt es sich um neue Wolldecken für die Arbeiter, jetzt, wo der Winter naht, doch durch das Sackleinen sticht etwas Glänzendes. Petro schiebt das Schimmern auf seine verkaterten Augen.

»Und nun geh, ab zur Arbeit«, drängt ihn Darja.

Aaron schleppt den Sack in seinen hinteren Lagerraum. Vom Inhalt hat er nicht zu träumen gewagt. Er beschnuppert Seide, Taft, Wolle und bricht in Tränen aus.

Als Wächter über Spitzhacken, Mäntel, Decken, Laken, Säcke, einfache Arzneien vermisst Aaron seine Berufung: Er war der beste Schneider von Zaporoschje. Sämtliche Adlige zählten zu seinen Kunden. Er war berühmt als Spezialist für Krinoline, aber auch im Herrenfach begabt. Egal, ob ein Marschall, seine Ehefrau, seine Geliebte, der Bürgermeister der Stadt, die Frauen der Händler – sie alle vertrauten auf Aarons Kunst.

Aaron ist schnörkelig und winzig wie alle Männer seiner Erblinie, fast ein Zwerg, mit scharfen Zügen, die ihn eher afrikanisch aussehen lassen als jüdisch. Laut eines uralten Ghetto-Gerüchts hatte der große russische Dichter Alexander Sergejewitsch Puschkin einst im Wirtshaus von Aarons Großvater übernachtet, und Aarons Großmutter hat den Gast allzu liebevoll umsorgt. Doch, wie Aaron gern abwinkt, »hat auch König Salomon dort übernachtet, in all seinen goldenen Kleidern«.

Schneider Knoblauch beherrschte Russisch im Blankvers und im Affenreim. Seine Zeilen fluteten, ebbten, betörten die Kundinnen mit ihrem Sprachgarn. »*So komm mit mir ins Zwiebelmeer, mit Seide süß wie Marzipan*«, flüsterte er den hypnotisierten Frauen zu. Wie Aaron, die Schneiderkreide hinter dem Ohr, das Maßband ringsum schlängelnd, es schaffte, ihre Tiefenmaße zu nehmen, bemerkten die Damen nie.

Mit männlichen Kunden pflegte er einen scherzhaften Stil, der seine Art mit den Damen niemals verriet. Nicht in den privatesten Zirkeln, mit zitternden Knien unter den Stickrahmen, nicht hinter verschlossenen Salontüren, nicht im Beisein der verschämten Rosenblüten und Lilien, die sie schuldbewusst malten, konnten sich die Zaporoschjer Ehefrauen und Jungfern die geringste Andeutung darüber erlauben, dass ein jüdischer Schneider sie verführt hatte.

»Morgen bekommst du eine Nähmaschine. Du wirst nachts arbeiten«, befiehlt Darja Katz.

»Ich habe zwei kleine Kinder, Dod und Sheila«, sagt Aaron, »und meine Frau Shoora ist teuflisch eifersüchtig, sie wird aus meiner Abwesenheit eine Shakespeare'sche Tragödie machen.«

»Ich gebe dir eine Bescheinigung, dass du an einem staatswichtigen Auftrag arbeitest: Du nähst neue Bettwäsche für die Arbeiter. Und hier ist deine wahre Aufgabe«, sagt die Ex-Herzogin und zieht eine alte Fotografie hervor, bei deren Anblick Aaron vor Staunen die Luft stockt: ein Ganzkörperporträt der verstorbenen Zarin Alexandra Fjodorowna, im Abendkleid mit Schleppe.

»Das Kleid war blau, mit Goldstickerei am Saum. Sie trug es auf dem letzten Weihnachtsball im Winterpalast vor fast vierzehn Jahren.«

Knoblauchs Hände schweben über Darjas magerem Körper, in Liebe zu seinem Handwerk, zu Ehren der Weiblichkeit. Busen einundsiebzig, Taille achtundfünfzig, Armlänge fünfundfünfzig. Diese Frau sieht aus wie von einer Mondsichel geboren.

»Ihr solltet mehr essen, Eure Exzellenz, damit sich die Brustabnäher lohnen.«

Vor ihr kniend, rupft er die schwache Mittelnaht ihres Schlüpfers auf.

»Unterwäsche habe ich nicht bestellt«, sagt Darja, gefangen in den Schlingpflanzen des Schneidermaßbands.

»Sagt das nicht, Eure Exzellenz«, erwidert Aaron sehr ernst. »Es gibt da ein geheimes Maß, von mir patentiert – es heißt Kaper-Zugabe.«

Die *Singer*-Nähmaschine klapperte mit ihren Zähnen in der Novemberkälte. In der alten Zeit war jedes Knoblauch-Kleid ein Gedicht oder eine Geschichte gewesen. Das Ballkleid der Zarin jedoch brauchte eine ganze Saga, um genäht zu werden, Äonen länger als die üblichen drei Anproben. Früher war Aaron stolz gewesen, dass er nie mehr als jene drei Nadel-und-Faden-Rendezvous brauchte – Sprießen, Reifen, Abrunden. Die Damen verließen sein Atelier elegant und schön, aber unwiderruflich unzufrieden mit dem Liebesgeschick ihrer Gatten.

Im Laufe der Auferstehung des Zarinnenkleides lernte Darja mehr über die hohe Kunst des Nähens als zu der Zeit, in der sie sämtliche Seide von Sankt Petersburg hätte haben können: das vollliebkoste Korsett, den Unterreifrockwalzer. Sie lernte auch mehr über jene andere Kunst, deren Spezialistin zu sein sie geglaubt hatte. Zum ersten Mal erfuhr sie reine Bewunderung in praktischer Ausführung.

Bei jedem Termin verfasste Aaron kleine Gedichte der Begierde, generös und ohne eine Gegenleistung zu verlangen und immer in fein geschneidertem Versmaß. Sie waren nicht einmal persönlich gemeint – Aaron Knoblauch schien fähig, seine Liebeskünste in gleicher Manier einer Melkerin oder Betongießerin angedeihen zu lassen, aber beleidigt sein konnte Darja darüber nicht.

Da der Umgang mit Nadel und Faden zur Erziehung für adlige Mädchen gehörte, war Darja früher geschickt gewesen im Sticken, besonders in Broderie Anglaise, der Lochstickerei. Ein wenig meisterliche Anleitung genügte, und sie schmückte den Kleidersaum und die Schleppe mit einem bizarren Mix aus keltischen und orientalischen Seidenverschlingungen.

»Mein Vater war sehr schlank«, vertraute Darja ihrem Stickrahmen an, während Aarons Nähmaschine klapperte. »Er war vielleicht froh, als Seine Majestät ihm zuliebe einen Kostümball ausrief! So konnte er sich einen Bojarenmantel schneidern lassen, der bis zu den Knöcheln reichte. Normalerweise schrieb das Ballprotokoll für männliche Höflinge knielange Pantalons vor. Männerwaden mussten wohlgeformt sein, zu dick oder zu dünn war streng untersagt. Also trug Vater stets mit Baumwolle gestopfte Maßstrümpfe: falsche Waden. Ständig verrutschten sie, und Papa musste sie wieder zurechtschieben – oh, wie die Hofluder kicherten und tratschten!«

»Dein Vater kannte meine patentierten falschen Waden nicht. Bei meiner Ehre, sie sind niemals verrutscht«, sagte Aaron und strich über Darjas rote Locken.

Während Darja mit ihrem Kleid beschäftigt war, hörten Brett und deren schändliches Benehmen auf, die Ex-Herzogin zu stören: spanischer Sommer, Mike, Cohn, ein Torero, der vor Brett erst zwei Frauen gekannt hatte. Sie nahm die Mopstreue ihres kastrierten Lieblings Jake nicht mehr übel.

Das *Winona*-Blockhaus bekam Darja Katz immer seltener zu Gesicht. Das *Simmons*-Bett erlebte immer weniger Hydraulik. Anfang Dezember kam die Ex-Herzogin für ein heißes Vollbad vorbei und ließ den besten Ingenieur von Staudämmen mit einem traurigen Rohrbruch zurück.

15.

Bei mittlerweile zwanzigtausend Arbeitskräften am Damm war es nahezu unmöglich, die Schuldigen zu finden. Die mutwillige Beschädigung eines Bauzauns am rechten Ufer des Dnjeprs bescherte Chaim Katz fünfzig neue graue Haare. Dem Ingenieur Alexandrow bescherte er die Entlassung sowie die Verhaftung wegen des Verdachts, Verbindung zum internationalen Terrorismus zu halten – er war um Mitternacht in der Nähe des Zauns gesehen worden. Außerdem gab es Sabotagegerüchte.

Als Personalchefin erhielt Darja Anweisung, die Saboteure zu entlarven, also ging sie, begleitet von Milizionären, geradewegs zu den Arbeiterbaracken und wählte sechs Männer aus, die am verwahrlosesten aussahen.

Man fand heraus, dass die Metallseile des Zauns herausgeschnitten und gestohlen worden waren. Dank der bewährten Methoden der Miliz gestanden die Verdächtigen schnell. Die Personalleiterin sandte sie vor das örtliche Tribunal, und die Hinrichtung erfolgte. Die sowjetische Presse, von der Moskauer *Prawda* bis zur Lagerzeitung am Damm, berichtete unter der Überschrift »Das Ungeziefer der Sabotage«. Der Falzzaun wurde innerhalb von drei hektischen Tagen repariert.

Nicht einmal der Ingenieur Alexandrow, der in jener Nacht tatsächlich am rechten Flussufer gewesen war – um an der frischen Luft eine Zigarette zu rauchen –, hatte die flinke Zigeunerbrigade am Falzzaun bemerkt. In einem Affenzahn lösten sie die Schrauben und schnitten die Stahlseile heraus. Rom Román und seine dunkle Bande werkelten in unhörbaren Frequenzen, mit unsichtbarem Geschick.

Um möglichst schnell vier Füchse zu fangen, braucht ein Jäger dreißig Fallen. Er benötigt eine Menge Eisen, um die dreißig Grinsemäuler mit den schnalzenden Zungen zu bauen, in welche die roten Biester tappen sollen. Die Lippen der Fallen müssen dünn sein, fein genug, damit die Knochen der Tiere nicht brechen.

Der alte Schmied Rom Stepán schmolz die Metallseile und ihre Schrauben in seinem Ofen, den er aus einem alten Ölfass gebaut hatte. Bislang waren Hufeisen seine Höchstleistung gewesen, doch neue Zeiten erforderten neue Fertigkeiten, deshalb glänzte sein knochiger Brustkorb mit den dunklen Brustwarzen wie in Schweiß getaucht, trotz des ersten Schnees, der die Stirn des Ochsenkarrens puderte.

Die Romajungen erschlugen einen Straßenhund, und die junge Aza röstete den Kadaver über offener Flamme, als Fuchsköder. Dann erhitzte sie Wasser im Kessel, legte alle dreißig glitzernden Fallen hinein und würzte die Metallsuppe mit reichlich Salbei und Waldmeisterkraut. Aza köchelte die Brühe bis zum Morgengrauen, um alle Spuren menschlichen Geruchs von den Fallen zu tilgen. Die ganze Nacht über saß sie auf Rom Románs Schoß. Im Uhrzeigersinn, gegen den Uhrzeigersinn und wieder zurück verloren sie ihr Bewusstsein im Liebesdampf und erlangten es wieder, labten sich am destillierten Herz der Steppe, ihre Profile angespannt, dann verschwommen und matt.

Um den grauen, leeren Mittag herum war die Baustelle am Dnjepr das Zentrum der Welt: das Wölben und Aufrichten, der Lärm der Hämmer … und der Beton, geknetet mit frisch gewonnener, von Sabotagegedanken gesäuberter Kraft.

»Mein Zap in der Steppe … Bollwerk des Landes … Mit Stärke und Blut … Im Aufwind der Neuzeit …« Darjas Lied klang vom fernen Ufer herüber.

Auf Zehenspitzen schlich die Zigeunerbande am Fluss entlang, den gebratenen Hund über die Fuchsspuren ziehend. Die Fallen trugen sie auf langen Stöcken, um die eisernen Kiefer im frischen Steppenatem zu baden. Vorsichtig hoben die Roma die Fallen von den Stöcken, auf die nächtlichen Fuchspfade im feinen Schnee, in modernde Haufen gefallenen Laubs.

16.

Der erste Schnee hüllte den Fluss in ein dunkelgraues Gewand. Flacher geworden, aber noch glanzvoll im Überdruss fiel die Vielfraß-Stromschnelle in den Winterschlaf.

»Du, Nikolai, ich kann's gar nicht glauben, dass uns das Katzluder den ganzen Tag freigibt und noch dazu eine Wurst spendiert. Ist sie nicht nett?«

»Hast du gesehen, wie das Katzluder mich angeglotzt hat, als sie uns die Orden ansteckte? Als wollte sie mich lebendig verschlingen.«

»Ja, ja, was hat sie noch zu uns gesagt … Für eure Genitalität«, sagte der stolze Petro und tätschelte seinen Orden, in den die Worte »Held der Sowjetischen Arbeit« eingraviert waren.

»Genialität, du Narr, Genialität! Als ob du einen Orden verdienst!«

»Aber es war ganz allein meine Idee, die Grube mit Eis zu füllen.«

»Ach, schieb dir deine Idee in den Arsch.«

Allzu schnell legt die Sonne ihre niedrige Novemberstrecke zurück. Die Wurst ist gegessen, die Wodkaflasche ist leer, aber der ganze Urlaubstag hat keinen Erfolg bei der Schatzsuche gebracht. Am Himmel stehen klamme Sterne.

»Vielleicht ist es weder eine Weide noch eine Linde, sondern eine Eiche? Wir haben noch nie unter Eichen gesucht«, schlägt Petro vor. »Falls unsere Opas so viel gesoffen haben wie wir, wäre es kein Wunder, wenn sie die Bäume verwechselt hätten.«

»Schaut euch dieses kluge Arschloch an. Er wagt es, Familienwahrheiten infrage zu stellen! Aber gut, probieren wir es. Wenn wir dort vorn unter der Eiche beim Vielfraß nichts finden, wehe dir.«

Unter der Eiche liegt ein großer, moosbedeckter Stein.

»Siehst du den Stein? Genau wie mein Vater gesagt hat«, freut sich Petro.

Mit dem Fingernagel kratzt Nikolai ein wenig Moos ab. Keilschriftartige Zeichen kommen zum Vorschein, in den Felsstein geritzt. Es ist zu dunkel, um Genaueres zu erkennen, aber es ist ein sicheres Zeichen.

»Allmächtiger Furz, diesmal hast du Schwein!«, grinst Nikolai.

Petro lächelt triumphierend. Er sticht seinen Spaten unter den mächtigen Baum. Der Boden ist hart und trocken, doch schon bald legt das Spatenblatt ein Stück Tuch frei. Der Schatz ist mit Sicherheit nah. Der Stoff muss Teil eines Gewandes sein, das etwas Kostbares umhüllt. Da schimmert schon eine Goldmünze. Petro bückt sich, um sie aufzuheben, doch das Goldding geht nicht ab – es ist ein angenähter Knopf.

»Hör auf zu graben, Idiot, das ist der Arm eines Toten!« Nikolai schreckt zurück.

»Pax, pax, heilige Mutter Gottes!«, ächzt Petro. »Wir müssen irgendein Massengrab erwischt haben!«

Im Bürgerkrieg war keine Zeit, um die Toten tief einzugraben. Die Geduld der Henker reichte im Schnitt für eine Armlänge.

»Er war ein Kosake! Sieh mal seine Uniform: ein Kaftan, eine Filzmütze! Oh weh, das ist ein schlechtes Zeichen. Nichts wie weg! Warum hab ich schon wieder auf dich gehört«, klagt Nikolai und bedroht Petros Rücken mit seiner Schaufel. »Sind wir dafür hergekommen?«

Petro weicht zurück und kreischt auf sehr unmännliche Art, als hielte ihn der tote Kosake am Fuß gepackt, um ihn zu sich in die Erde zu ziehen. Aber es ist eine glitzernde Fuchsfalle, in der Petro gefangen ist. Er versucht, das Ding loszuwerden, doch das metallische Grinsen presst sein Gebiss noch fester zusammen.

»Geschieht dir recht, der Fluch erfüllt sich schon an dir«, sagt Nikolai. »Ich laufe in unsere Baracke und hole eine Zange, um dich zu befreien, verdammter Tölpel.«

»Lass mich nicht allein hier, es ist so schaurig am Grabesrand«, bittet Petro, doch Nikolai eilt zum Arbeiterlager.

Er hat nicht die geringste Absicht zurückzukehren. Ist er so blöd, hin- und herzuwandern, eine halbe Stunde pro Weg? Er ist fertig mit der Schatzsuche. Jetzt, zu dieser nächtlichen Stunde, muss er seinen Vorteil daraus ziehen, dass die anderen in der Baracke tief und fest schlafen: Küchlein Mascha wird ihm allein gehören.

»Ai-ne-ne-ne«, lachte Rom Román. »Das ist kein Fuchs, sondern ein fetter, glatzköpfiger Bär!« Er löste die Falle und befreite den ohnmächtigen Petro, der überraschenderweise noch lebte. Sein Fuß war ein Cocktail aus Stiefelleder, Knochen und Sehnen. Román riss einen Streifen aus seinem schmuddligen Hemd und verband die Wunde.

»Du gottloser Zigeuner, ich werde mich beim Bauleiter beschweren«, knurrte Petro.

»Nur zu«, sagte Rom Román nonchalant.

Es war seine letzte Falle, und er hatte schon genug Füchse gefangen. Drei waren über Nacht in ihren Fallen gestorben, im ungleichen Kampf mit der feuchten Kälte und der Kette. Auf einem Pfad mit Blick auf die Hufeisen-Stromschnelle hatte sich Román der letzten tödlichen Sichel genähert und nach dem vierten reglosen Biest gegriffen. Kaum hatte er den roten Kadaver beim Genick gepackt, um ihn in den Sack zu stecken, als dieser die Bernsteinaugen aufriss. Die Schnauze fuhr herum; vier scharfe Fangzähne gruben sich in Románs Handgelenk.

»Du bist immer besser dran als ich, alter Schuft«, sagte Nikolai an Petros Bett und flößte ihm Selbstgebrannten ein.

Petro lag auf der Krankenstation, mit amputierten Zehen und Lungenentzündung.

»Hätte die Falle doch mich erwischt! Dann könnte ich mich im warmen Bett räkeln wie ein Kater in Butter, anstatt in der verdammten Kälte zu schuften.«

»Wieso bist du nicht zurückgekommen? Ich bin fast verblutet, hab mir die Eier abgefroren.«

»Ich war schon unterwegs mit einer Zange, aber Genosse Chlorratte schlich ums Lager wie ein Schakal, er hatte sogar eine Knarre dabei«, log Nikolai. »Du hättest deinen besten Freund verloren.«

17.

Sechs Personalakten auf Darjas Schreibtisch: die Sieger ihres heimlichen Wettbewerbs. Vor der Revolution wäre sie diesen Leuten vermutlich niemals begegnet, ganz zu schweigen von einer näheren Bekanntschaft. Leider waren sie die letzten noch lebenden Relikte der alten Epoche, die Magermilch des Umsturzes anstelle der verflossenen Sahne.

Feldscher Boris Mandarinow, ehemals Kurarzt. Schweißer Gleb Jelowi, fünf Semester an der Universität Oxford, ohne Diplom. Maurer Wassili Bogomolow, einst Diakon der Lichtmess-Kathedrale in Cherson. Klempner Semén Ticklick, vor der Revolution Offizier in der Privatgarde des Zaren. Feldkoch Matwej Porko, ein früherer Chefkoch. Schaufelbrigadier Nikolai Fotzik, kosakische Wurzeln.

Darja studierte das Dossier des slawischen Rudolph Valentinos: kein militärischer Rang, nicht einmal Fahnenträger oder Korporal war er gewesen. Seine Herkunft war eindeutig unfein, kaum besser als die eines Muschiks. Außerdem ließ Darjas morgendliche Übelkeit keinen Raum für allzu gewagte Experimente. Sie seufzte und stopfte Nikolais Akte zurück in den überquellenden Schrank – sechzigtausend arbeiteten inzwischen auf der Baustelle.

Ihr Zyklus hatte immer Ragtime gespielt, und so war Darja entgangen, wie aus einer Viertelpause erst eine halbe Pause und dann eine ganze wurde, die sich schließlich zur Longa dehnte. Sie beschloss, ihre Schwangerschaft so lange wie möglich zu verbergen; sie hatte noch so viel zu tun. Sie band ein wenig Salbeigras in ein Tüchlein, um sich vor dem teuflischen Damm-Mief aus geschweißtem Eisen, gemischtem Beton, geflossenem Arbeiterschweiß, Fäkalien und Chlor zu schützen.

Die sowjetische Industrie hat jetzt keine Zeit für Lappalien: Alles unter einer Turbine oder einem Hochofen ist belanglos, nicht der Rede wert, aber ein Hauch glücklicher Neujahrsstimmung im Dammvolk muss erzeugt werden – um es auf immer höhere Gipfel der Arbeitsleistung zu treiben, um seine Gedanken abzulenken von den armseligen Löhnen.

Deshalb rief die Personalchefin einen Wettbewerb für den besten selbst gebastelten Baumschmuck aus: Dekoration für die rundliche Tanne, die als Neujahrsbaum im Krankenrevier steht, »für unsere leidenden Brüder der Dammarbeit«, die den ungleichen Kampf gegen Knochenbrüche, Typhus, Lungenentzündung, Dysenterie und Tuberkulose führen.

Baumschmuck im Stil des alten Regimes wurde sofort disqualifiziert. Gegenüber Engeln in Wattewolken drückte Darja ihre Verachtung aus. Kleine Blechkronen, fantasielose Tannenzapfen und in Alufolie gewickelte Bucheckern deklarierte sie als hässlich und altmodisch. Sämtlichen Schmuck, der Nahrungsmittel darstellte, besonders fettfleckige Würste oder Hühnerbeine, verurteilte sie als bürgerlich-verfressen. Alle, die solche Objekte einreichten, bestrafte sie mit der Kürzung der Lebensmittelrationen.

Zu akzeptablen Motiven wurden erklärt: rote Sterne, Minirevolver und Handgranaten – oder, aus der Welt der Arbeiter und Bauern: proletarische Werkzeuge wie Spaten, Rechen, Hämmer, Sicheln und winzige Schraubenzieher, selbst gegossen in kleinen Formen über Feuer oder Gaskochern. Ungeachtet ihres künstlerischen Niveaus wurden sie alle an den Neujahrsbaum gehängt. Mit krummen Rücken, schwitzend und schimpfend schmückten die leidenden Insassen des Krankenreviers die üppige Tanne. Um Platz für sie zu schaffen, hatten zwei Doppelstockbetten weichen müssen: das eines Eisenarbeiters, dessen Durchfall sich langsam mäßigte, und das von Petro, dessen gesundes Bein kräftig genug war, um darauf zu humpeln.

Den ersten Platz im Wettbewerb vergab Darja nach pädagogischen Gesichtspunkten: an eine Frau, nicht aber an eine bereits namhafte Betongießerin oder Schweißerin.

»Auch die bescheidensten Helferinnen unserer großen Sache zeigen ihr proletarisches Talent, wenn wir ihnen Gelegenheit geben. Hierfür verdienen sie dammweiten Respekt«, verkündete Darja beim Morgenappell. Ein Milizionär trug den siegreichen Baumschmuck vorbei an den vorderen Personalreihen: Es war ein kleiner Rotarmist, liebevoll aus Blech gebastelt, im schicken Dufflecoat, mit wollener Budjonny-Mütze, auf die ein roter, fünfzackiger Stern genäht war.

Die errötende Brigadehaushälterin Mascha trat vor, um ihren Preis entgegenzunehmen, ein Buch mit dem Titel *Über die Würde der sowjetischen Frau und ihre Fortpflanzung in der sowjetischen Ehe*. Mit einem strengen Blick tadelte Darja die feixenden Arbeiter. Aufgrund ihres morgendlichen Brechreizes hatte die Propagandachefin in Maschas schmalem Dossier überlesen, dass diese Analphabetin war. Doch auch wenn man Mascha das Buch laut vorgelesen hätte, hätte es nur noch wenig genützt – sie war bereits brigadeschwanger, befruchtet etwa zur gleichen Zeit wie Darja selbst.

18.

Auf der Leine hinter dem Blockhaus erleuchtet der Mond Hugh Winters frisch gewaschene, nach Seife und Frost riechende Beinkleider. Keiner der Zigeunermänner besitzt eine robuste Hose – seit der Revolution ist die Sippe verarmt, all die reichen Kunden sind weg, die einst Pferde von ihnen kauften, ihrem Gesang lauschten und sich wahrsagen ließen. Die Roma haben nur noch, was sie am Leib tragen; am Waschtag bleiben sie nackt. Die Ketten aus amerikanischen Zwanzig-Dollar-Münzen, die einst um die Hälse der Frauen klingelten, sind davongeschmolzen, Münze für Münze, entlang der quer durch das südrussische Reich schweifenden Reiseroute des Clans. Die österreichischen Golddukaten der Frauen, in Blusen und Tücher genäht, sind längst herausgerissen von Milizionären, getauscht gegen Freiheit. Wind und Schnee hausen in den Brustkästen der Männer, Beinhaare lugen durch ihre Hosenfetzen.

Rom Román hat schon das Fett von den Fuchshäuten gekratzt, die Fuchsschädel geöffnet und die Pelze mit den rosa Hirnen eingerieben. Er hat die Häute der Bestien über der Flamme gezähmt, bis sie zutraulich wurden. Jetzt braucht er zwei widerstandsfähige Hosen, um die Häute zu räuchern.

Auf der Wäscheleine hängt eine graue Flanellhose. Zu dünn, der Rauch würde sie versengen. Aber daneben hängt ein ganzes Hosenarsenal: zwei dunkelblaue Zwillinge, der Stoff so fest, dass man aus ihm ein Zelt nähen könnte. Die Nähte sind außen verstickt, das ist ungewöhnlich. Zwei Taschen und ein Gurt am

Hintern, hübsche Nieten, ein verdeckter Hosenschlitz mit sechs silbernen Knöpfen. Zwischen den Gürtelschlaufen ein Aufnäher mit einem Wort aus fünf lateinischen Buchstaben und der Zahl *201*. Ach, wären doch all seine Brüder mit solchen Hosen gesegnet! Sie würden nie wieder frieren. Doch nur Reiche wie dieser Amerikaner können sich so etwas leisten.

Román pflückt die zwei steifen Beinkleider von der Leine, klemmt sie sich unter den Arm und trägt sie wie Holzscheite zu seinem Lager.

Der Strick reicht von den Augenhöhlen der Füchse bis zu einem Ast. Román näht die Unterseiten der vier Pelze an die vier Hosenbeine und bedeckt einen Topf mit dem Hosenarsch. Er starrt auf die herabhängenden Schwänze. Zwei Stunden, dann haben sie eine hübsche Bräune erlangt, wie geküsst von der Sonne der Krim. Rom Román löst die Pelze von den Hosenbeinen und zieht sich die wunderbar warmen, noch räuchelnden Jeans an, dunkelblau wie der Nachthimmel, die Hosenknöpfe wie Sterne. Die roten Pelze streichelt er, als wären sie Hunde.

Mit einem der roten Biester über dem Arm steigt er in das Zelt von Azas Familie. Ihr Vater, der Schmied Stepán, schnarcht weit genug weg in der Ecke. Links vom Eingang schnieft Aza süß träumend auf einem großen Daunenkissen, um sich die kleinen Geschwister. Nichts im Lager ist dick, außer den Kissen. Sie sind mehr wert als Gold, denn im Zigeunerwinter ist Wärme die wichtigste Währung, Garantie für den Fortbestand und die beste Mitgift, jetzt, wo die Pferde so rar und so dürr sind. Rom Román schiebt die kleinen Rotzlöffel vom Kissen. Langsam schmiegt sich der rote Pelz um den Körper des Mädchens, schleicht sich in jeden Winkel, vor zwei Tagen noch ein wachsames Raubtier, jetzt ein Werkzeug der Liebe.

19.

»Krumme Kacke?«, fragt Rosa und muss kichern.

»Nein, *Krumkaker. Kake* heißt Kuchen auf Norwegisch«, erklärt Hugh Winter feierlich.

»Drei Eier«, sagt er und zeigt auf die Eier im Kühlschrank.

»Drey ey«, wiederholt Rosa eifrig.

Eyn halber Kubok Tsuker, eyn halber Kubok Puter, eyn Kubok Mel, eyn Kubok Krem, Vanille und Kardamom, merkt sich Rosa, ihr Hörverständnis durch Bewunderung stark verbessert. Sie erinnert sich, wie Hugh ihr einen ganzen Wochenlohn in die Hand drückte und sie ins Torgsin schickte, nur für Vanille und Kardamom. Beides holte Armaïs unter seinem Tresen hervor und zwinkerte schlüpfrig, dann berührte er Rosas Hand mit seinen haarigen Fingern. Hastig und rot wie Bete verließ sie den Laden.

Obwohl Religion das Opium und der Feind des Volkes ist, hat Josef Wissarionowitsch Stalin angeordnet, dass der beste amerikanische Ingenieur seine gewohnten Festtage nicht entbehren muss. Es ist Hugh Winter gestattet, sein kapitalistisches Weihnachten am 24. Dezember zu feiern.

Mister Winter ist nicht bei der Arbeit. Er sitzt lange in der heißen Badewanne mit dem Hemingway, den Darja endlich zurückgebracht hat. Das Buch ist zu europäisch für seinen Geschmack, zu *bohème*, die Leute darin trinken immer und arbeiten nie. Hugh zieht erst seinen Bademantel an und dann, um sechs Uhr abends, seinen besten Anzug. Er rasiert sich, besprüht sich mit einer Doppeldosis *4711* und betritt das Speisezimmer des Hauses.

Die Stapel gebackener Waffelröllchen, deren feine Muster die Frostmalereien an den Fenstern des Hauses spiegeln, die verspielten Zungen aus Schlagsahne, die sie herausstrecken – Hugh Winter ist den Tränen nahe. Die Waffeln sind so exakt und makellos wie seine Dammzeichnungen, übersetzt in die Dessertsprache.

Die junge Frau versucht, seinen Gesichtsausdruck zu deuten. Sie bewegt ihre Lippen, als würde sie flüsternd lesen. Sie ist Winter noch immer dankbar, weil er sie nicht verantwortlich gemacht hat für das Verschwinden seiner blauen Arbeitshosen. Wer die Hosen gestohlen hatte, wurde ihm klar, als ein Zigeuner an ihm vorbeilief, der sie zweifellos trug: rußschwarz und an den Fußenden verkohlt. (*Zu Händen von Oberbauleiter Katz: Hiermit informiere ich Sie über den Diebstahl und die Verschandelung von zwei Paar Blue Denim Jeans der Marke Levi's 201 aus meinem Bestand. Ein Paar kostet zwanzig Dollar. Die Zigeunerbande ist schuld. Ich verlange umgehende Maßnahmen – Hugh Winter.*)

Der renommierte amerikanische Ingenieur wischt seine Hände an einer Serviette ab, spreizt seine Finger zum Fächer und schiebt sie in den unter Rosas Kopftuch versteckten Wald aus schwarzem Haar. Sie am Genick haltend, zieht er ihr Gesicht zu sich heran.

Er lenkt die schwere Fülle, die siamesische Dreifaltigkeit aus Lippen, Brüsten und Hüften, zum *Simmons*-Bett mit dem grazilen Stahlgitter. Die weichen Kardamomwölkchen reichen bis ins Schlafzimmer, ein Hauch von Vanille liegt auf dem Kissen und unter der Decke, die sich bewegt. Rosas Körper ist süßer Teig, in den Hugh sich wie Rosinen und Nüsse verknetet.

»R-r-rose«, raschelt es amerikanisch ins kleine rosa Ohr, und von nun an gehört dieses Ohr dem persönlichen Feldweib des besten Dammingenieurs.

Am Silvesterabend ging Darja ein letztes Mal zum Blockhaus. Winter begrüßte sie mit der milden, oberflächlichen Miene eines satt gefressenen Katers, gänzlich untypisch für ihn in Darjas Gegenwart. Das Käferweibchen war mit der Hausarbeit zugange, komisch gerötet, langsamer als sonst und irgendwie würdevoller.

»Es ist schon Sperrstunde, warum bist du nicht in deiner Baracke?«, fragte Darja streng. »Die Dammleitung bezahlt keine Überstunden für unqualifizierte Arbeit.«

Rosa senkte den Kopf; ihre Hand hielt den Pfannenstiel fest.

»Sie kocht etwas für mich. Sie liebt Kochen über alles«, sagte Hugh.

»Pass auf, dass sie keinen fremden Gockelbraten in ihrer Röhre brät, sonst wird ihr der Ofen heiß gemacht.«

Als Herzogin hätte sie empört davongehen müssen, doch als Genossin Katz konnte sich das nicht mehr erlauben.

»Dein Weihnachten ist vorbei, Hugh«, sagte sie, ihre Wut zügelnd. »Wie wäre es, wenn du mir deinen *Victrola* und die wunderbaren Schallplatten leihst?«

»Das ist ein sehr wertvolles Gerät, Darr …«, begann Hugh.

»Das weiß ich selbst! Es gehört zu meinem Job, unsere heldenhaften sowjetischen Arbeiter in der Krankenbaracke mit deiner amerikanischen Proletariermusik bekannt zu machen. Sie werden deine Sammlung lieben. Hast du denn kein Mitleid mit unseren Eingeborenen, willst du ihnen nicht helfen? … ›Können einen Affen nicht von einem Schraubenzieher unterscheiden, aber dann plötzlich blitzt ihr Geist auf‹ – hast du das nicht selbst gesagt?«

Dieses Argument wog schwer, Hugh musste ihr recht geben. Die Träger kamen und bugsierten den Walnussschrank zum Krankenrevier. Hugh Winter setzte sich an seinen Schreibtisch.

Zu Händen von Bauleiter Katz: Hiermit drücke ich meine tiefste Zufriedenheit mit der hervorragenden Arbeit meines Hausmädchens Rosa Knoblauch aus. Sollte sie von ihrem Posten abgezogen werden, werde ich zum Zeichen meines schärfsten Protests die Baustelle augenblicklich verlassen.

In seinem fünften Jahr am Dnjepr verstand der beste Dammingenieur, wie man mittels ortsüblicher Hydraulik bekam, was man wollte. Er machte Rosa zur zwingenden Voraussetzung für sein Wohlergehen am Damm, und sein Wohlergehen war von Josef Wissarionowitsch Stalin persönlich befohlen. Hätte Hugh einen Harem kamelreitender Konkubinen verlangt, so hätte man diesen, vermutete er, ohne große Verzögerung zu seinem Blockhaus spediert.

Die kranken Arbeiter hörten *Moonlight* und *The Bear's Oil*, bis einer der Patienten mit seiner dünnen Stimme fragte: »Genossin Propagandaleiterin, haben Sie nicht unsere russische *Kalinka* für uns? Was sollen wir mit diesem ausländischen Mist?«

»Bringen Sie uns lieber Wodka, dann pfeifen wir auf die Musik«, sagte ein Leidensgenosse.

Am sechsten Januar wurden alle Patienten zurück in ihre Baracken verlegt. Es hieß, das Gebäude der Krankenstation müsse desinfiziert werden.

20.

»Siehst du das? Eine Negertitte! Und darüber ein goldenes Maul, das kann dich verschlingen!«

»Hast du je eine echte Negerin gesehen, Schwachkopf?«

»Natürlich, auf den Fotos der afrikanischen Arbeiterklasse in der *Prawda*! Sie sind immer oben ohne.«

»Und wenn schon, wie kann der Nippel einer Negerin so pink sein wie der einer ukrainischen Braut? Hast du etwa noch nie eine Schallplatte mit Grammofon gesehen, du Narr?«

Nikolai und Petro, die Dammhelden, meinten, sie hätten zum ehemaligen Weihnachtsfest ein bisschen Schnaps verdient. Sie klopften an die Tür der Krankenstation, doch niemand öffnete. Petro drückte seine Nase an das frostgeblümte Fenster und fauchte wie eine Lok. Er schaute durch das freigelegte Stück Glas.

»Guck mal, der Koch Porko! Wen schnappt er sich da?«

»Das ist unsere Chefzicke, rausgeputzt wie eine Zarin! Immer hat sie mich angestarrt, ich war sicher, dass sie mich bumsen will. Aber nein, sie hat mich nicht einmal eingeladen zu ihrer Party.«

»Dort ist Gleb Jelowi, der dürre Affe, im Frack! Gestern noch sah ich ihn Spiritus trinken! Und nun ist er dort drin, und ich nicht.«

Eine nach der anderen rotieren die Schallplatten unter der Nadel, im unermüdlichen Fouetté ihrer schwarzen Ballettröckchen, ihre Taillen lavendelfarben, lila, scharlachrot, ocker.

Die Krankenbetten hat man an die Wände gestapelt, zwei, drei übereinander, um Platz zu schaffen für die Festlichkeit. In der Mitte des Raums steht die Neujahrstanne, nun Weihnachtsbaum genannt.

Im Behandlungszimmer goss Aaron Knoblauch das fertige Ballkleid über Darja wie einen creme-goldenen Regen. Er rückte ihre Brüste in den Abnähern zurecht, wobei ihm auffiel, wie voll diese plötzlich waren. Spange um Spange verschloss er das Korsett aus blauem Brokat auf dem Rücken. Weil Darja fröstelte, umwölkte Aaron ihren Hals und ihre Schultern mit der Fuchsboa, die er aus den von den Roma gelieferten Pelzen genäht hätte. Die Boa wärmte Darja im Nu, doch ein hartnäckiger Anfall von Übelkeit packte sie: Der feine Seidenduft ihres Kleides prallte auf eine herbe Rauchnote und einen lauen Hauch von Aas. Die Pelze hatten noch viel schlimmer gerochen, als Román sie im Morgengrauen vor Darjas Tür gelegt hatte: nach einem unhygienischen Zigeunerzelt und dem Schoß einer Nomadin. Aaron Knoblauch tat sein Bestes, um die Felle zu desodorieren, doch wann immer der Personalchefin eine Frau in die Quere kommt, und sei es unbewusst, drohen schwerwiegende Folgen.

Aaron hat die Reste von Seide, Taft, Brokat, Goldzwirn in Wölkchen, Schneeflöckchen und jene antisowjetischen Engel verwandelt, die Darja bei ihrem Baumschmuckwettbewerb so resolut aussortiert hatte. Blau bekörperte, geflügelte Püppchen baumeln von der niedrigen Decke und schwingen mit den Bewegungen der Tanzenden. Die verstorbene Zarin Alexandra Fjodorowna zittert leise auf einem Nachttisch. Zu gern würde sie aus dem Rahmen springen und für Gerechtigkeit sorgen, indem sie die Schwindlerin im Zwillingskleid auf ihren Platz verweist.

»Meine Herzogin, ich flehe Sie an, bitte verstehen Sie doch, dass ich noch heute Nacht vom Damm verschwinden muss –

meine Frau denkt, ich bin in einen antisowjetischen Plot involviert und macht sich große Sorgen, dass ich verhaftet werde!«

Aaron sah sanft aus, schuldig und schwach – ja, schwach, weshalb es Darja leichtfiel, ihn wegzuwerfen wie ein Spielzeug, dem sie entwachsen war.

»Der Diener hat seine Pflicht getan, er braucht nicht durch die Hintertür zu verschwinden«, sagte sie kalt, »Hier ist eine legale Erlaubnis zum Verlassen des Dammgeländes, viel Glück!«

Aaron verneigte sich in flinker, fast ballgemäßer Manier und enteilte auf seinen Trochäusfüßen.

Die Ex-Herzogin kohlt ihre Wimpern und fährt sich mit dem Stummel eines uralten französischen Rouges über die Lippen. An ihren Ohren glänzen keine Perlen, an den Fingern funkeln keine Diamanten im Kerzenschein, doch das Kleid ist Ansage genug.

Die sechs zum Ball geladenen Herren sind in Knoblauch-geschneiderten Fräcken erschienen. Weil kein neues Schuhwerk für sie auf der Lieferliste von Armaïs Esaw-Yantz stand, verstecken sie scheu ihre Stiefel, gleichwohl diese gründlich geputzt und poliert sind, jedoch mit gerissenen Nähten, zerfleischt von fünf Dammwintern und unbefestigten Wegen. Die Männer genieren sich auch voreinander.

»Heute bin ich nicht Genossin Katz für Sie, Gentlemen«, verkündet Darja. »Nennen Sie mich Herzogin, denn das bin ich tief im Inneren noch. Tanzen Sie mit mir, unterhalten Sie mich mit Geschichten von einst, aus einer Zeit, die nur jetzt und vielleicht nur dieses eine Mal wieder zum Leben erwacht.«

Der Koch Porko entkorkt die erste Flasche *Früchte des Zorns*. Der *Victrola* spielt eine Platte mit pinkem Label, Chopin, eine Polonaise in As-Dur. Halb ohnmächtig wird Darja durch die Hände der Männer gesiebt, leicht strauchelnd im Tanzschritt.

Einen wahrhaft standesgemäßen Ball zu veranstalten, war von vornherein unmöglich gewesen; Darja wusste, sie würde kratzende Schallplatten ertragen müssen, anstatt echte Orchestermusik zu genießen. Dennoch galt es, nach Perfektion zu streben. Für jede Scheibe mit klassischer Musik hatte Armaïs von Darja einen speziellen Sexservice verlangt. Baiser rückwärts für Strauss, gedehnte Mittelspreizung für Bach, der Preis für jede weitere Platte so unaussprechlich wie schauderhaft. Die Verrenkungen zu vollbringen hatte Darja Mühe gekostet, beeinträchtigt, wie sie war von ihrer Übelkeit.

»Ich weiß, dass ich nicht eingeladen bin. Aber selbst wenn du freiwillig vor mir auf die Knie fallen würdest«, sagte Armaïs beim Hochziehen seiner Hose, »um mich französisch zu bedienen, besser als Loulou persönlich, würde ich deinem Ball fernbleiben. Du wirst teuer für den Abend bezahlen, aber ich muss weiterleben und zusehen, wie meine Söhne berühmt werden, und ich muss sie mit dem wenigen Geld, das ich an dir verdient habe, unterstützen. Mein Erstgeborener wird Doktor, der beste, begehrteste Arzt – er wird im Paradies leben: Mösen, nichts als Mösen, den ganzen Tag. Und sein kleiner Bruder wird der armenische Toulouse-Lautrec, aber gut aussehend wie ich und groß gewachsen wie meine unerfüllten Träume.«

Der Ball war keineswegs improvisiert. Die erwählten Gäste wurden an den sechs Tagen zuvor in Darjas Büro bestellt, einzeln, jeweils unter dem Vorwand, sie über ihre aktuelle politische Zuverlässigkeit zu befragen, im Hinblick auf ihre nicht proletarische Abkunft. Unter Androhung einer Verhaftung wurden die Herren instruiert, niemandem von der im Verhör enthaltenen Tanzprobe zu erzählen. Um den Terminen einen Anstrich von Wahrheit zu geben, schrieb Darja für jede Baracke, aus der die fünf Männer kamen, eine patriotische Strophe und verpflichtete diese, ihren Mitbewohnern die Verse beizubringen, was sie beim Morgenappell ordnungsgemäß überprüfte.

Die drei Finger von Porko dem Koch umklammern Darjas Handgelenk, während sie ihn in ein Menuett von Haydn verwickelt. Porkos kleiner Finger und Ringfinger waren zu Beginn seiner Karriere als Dammkoch in den elektrischen Fleischwolf geraten und einem nichts ahnenden Arbeiter als Fleischbällchen zum Mittag serviert worden.

Der Oliviersalat hatte auf der Speisekarte im Moskauer Restaurant *Prag* gestanden. Ja, es hieß damals, der große Dichter Puschkin habe ihn am liebsten gegessen. Als Chefkoch war Porko nicht sonderlich beeindruckt gewesen von dem Gericht, doch nun wusch er sich absichtlich die Hände nicht, um die Freude über seine plötzlich wiedererweckte Vergangenheit als Maître zu bewahren. Die Zutaten erreichten den Hintereingang der Küchenfabrik in einer Eistruhe: zwei Moorhühner und eine Kalbszunge, eine Flasche Madeira Wein, halbtrocken, Kaviar vom Stör, saure Gurken, ein Hummer, Kabuler Sojasoße, Kapern, zwanzig Wachteleier, französischer Essig und eine Unze *Huile de Provence*.

Auf dem Gasöfchen, das er aus seiner Baracke auf die Krankenstation brachte, röstete Matwej Porko die Moorhühner golden und köchelte sie im Wein. Er kochte die Kalbszunge und die gesprenkelten Eierchen, dann schnitt er die Gurken in Scheiben und richtete alles auf drei Aluminiumtellern an. Wie herrlich, wieder von Hand zu kochen, mit erstklassigen Zutaten, nach den beschämenden Jahren, in denen er nur die Hebel der Küchenfabrik bedient und die Luft angehalten hatte, um die höllischen Sude, die man Suppen nannte, nicht riechen zu müssen!

Tapsige Kontrabässe trampeln auf honigblonden Violinen, und der Stiefel des Kochs steigt auf Darjas schwarze Schuhspitze.

»Geben Sie acht auf den Takt, Herr Porko, eins-zwei-drei«, sagt die Ex-Herzogin, einen Aufschrei unterdrückend.

Sie wirft Feldscher Boris Mandarinow ein cremeseidenes Tüchlein zu. Bei den Proben hatten sich die Glieder des Ex-Kurarztes recht beweglich gezeigt, sodass Darja ihn nun mit Tschaikowskis *Schneeflöckchenwalzer* betraut.

Auge in Auge mit der hoch gewachsenen Propagandachefin, ihre Taille zwischen Daumen und Mittelfinger, könnte Doktor Mandarinow Darjas anämische Textur untersuchen, ihren trägen Kreislauf, die dunklen Ringe unter den Augen – geschwächte Nierenfunktion, der Puls am filigranen Handgelenk sprunghaft. Nur eine ärztliche Vermutung: mögliche Schwangerschaft, zwölfte Woche etwa. Trotzdem ist diese Frau eine schillernde Spezies: die traurigen Iriden einer Meerjungfrau, ihr Dekolleté eine Märzlichtung, Kreuzstich subkutaner Blauströme.

»Ich möchte Sie nach Sotschi entführen, Exzellenz, im Spätsommer – die langen Sonnenuntergänge am Strand, die Schatten der Palmen … Ich werde Ihnen Granatäpfel verordnen und Sie mit Jodwasser erfrischen. Wir gleiten durch schwefelhaltige Heilschlämme, die weicher sind als dieser Walzer, und waschen uns danach im Meer«, flüstert der Arzt frech auf Französisch. »Ich stelle Sie unter die Vichy-Dusche, heiß-kalt, heiß-kalt, um Ihre Wangen wieder rosig zu machen.«

Kehlige Bratschen weichen kristallenen Triangelklängen, und ein Chor kehrt einen silbernen Schneesturm auf das königliche Kleid.

Die Gaffer am Fenster hauchen einen größeren Fleck in die Scheibe. Ihre Füße treten eine graue Insel in den Schnee.

»Siehst du, wie er sie angrapscht? Das hätte ich sein können. Aber ich wäre nicht so zimperlich gewesen; ich hätte sie hart rangenommen.« Nikolai reibt seine Handflächen aneinander und versucht, sich eine Selbstgedrehte anzuzünden.

Der Frack, obwohl von Aaron geschneidert, umflattert den ewigen Ex-Studenten der Philosophie Gleb Jelowi. Die *Odeon-Quadrille* von Strauss junior bläst diesen Grashüpfer von einem Mann fast um.

»Damals in Oxford, Eure Exzellenz«, sagt er in beinahe königlich-englischem Akzent (welcher der Hauptgrund für seine Einladung war), »oh, wie ich mit Professor Lewis Carroll diskutiert habe! Ich habe sechs Logikfehler in seiner *Alice* gefunden – darf ich Sie Ihnen aufzählen? Zuerst, während sie Rosen färbt ...«

»Lewis Carroll starb acht Jahre, bevor Sie lernten, Ihre Mama zu rufen«, bemerkt Darja.

»Doch mit der Zeit«, Darjas wahrheitsgemäßer Einwurf entmutigte Jelowi nicht im Geringsten, »hat Mister Carroll meine Überlegenheit anerkannt und war geschlagen, zerschmettert von meinem Scharfblick! Sein Stottern wurde noch schlimmer. Deshalb hat er alles versucht, um mich exmatrikulieren zu lassen: Er konnte meinen brillanten Intellekt nicht länger ertragen.«

Darja beendete seinen Satz mit einem Ausrufungszeichen ihres Absatzes auf seinen Zehen.

»Man hat Sie wegen Ihrer Liederlichkeit hinausgeworfen.«

Zu Bachs *Sarabande in d-Moll* führt Wassili Bogomolow Darja im Elefantenschritt durch den Raum. Ihre Füße sind in steter Gefahr, zu Matsch zertrampelt zu werden.

»Es scheint mir ein wenig unheimlich, Eure Exzellenz, dass an Ihrem Weihnachtsbaum die heiligen Ikonen fehlen«, beginnt der Ex-Diakon vorsichtig.

»Der Besitz von religiösen Kultgegenständen wird mit zehn Jahren Verbannung bestraft – achten Sie auf den Takt, Diakon.«

»Ich hätte für diese Heilige Nacht eine Ikone gemalt, wenn Sie nur ein Wort gesagt hätten. Ich war ein sehr guter Künstler! In der Kapelle meiner Kathedrale in Cherson habe ich den

Tag des Jüngsten Gerichts mit einem derart grässlichen Teufel gemalt, dass kleine Kinder bei seinem Anblick in Tränen ausbrachen.«

»Für mich ist Weihnachten stets nur ein Vorwand gewesen, eine Kulisse, um mich in Szene zu setzen. Und für Sie ist es eine alte Gewohnheit, die man Ihnen nun schon so lange versagt. Sie sind heute Abend gekommen, obwohl Sie wussten, dass Sie sich mit weltlichen Tänzen besudeln müssen.«

Diese Propagandafrau, denkt der Ex-Diakon, gleicht einer schlecht gelaunten Hure Babylon, doch wie traurig und tief gefallen sie in Wahrheit ist, lässt sich schwer sagen.

Ihr Gatte, der sonst allen nachschnüffelt, macht bei Wassili eine seltsame Ausnahme: Nie kommt er in dessen Nähe, nie bemängelt er dessen Arbeit. Bogomolow glaubt, dass er ihm schon einmal begegnet ist, vermutlich vor vielen Jahren, aber das Wo und Warum weiß er nicht mehr.

Saint-Saëns ist der ideale Höhepunkt des Balls. Sein flinker *Danse Macabre* – Darja denkt lieber nicht daran, was Esaw-Yantz für die Schallplatte verlangt hat.

»Sie brauchen einen persönlichen Wachschutz«, sagt der Ex-Offizier der Zarengarde Semén Ticklick.

Diese Herzogin ist dünn wie Zigarettenpapier. Sie sieht einer sehr teuren Kokotte ähnlich, die Ticklick sich nie leisten konnte bei Madame Coucou, nicht mit seinem damaligen Sold in St. Petersburg. Und nun, obwohl er nie wagen würde, sie auf eine sinnliche Art zu berühren, ist sie sein, in seinen Armen, wenn auch nur für einen Tanz. Er versucht, ihr in seinem Neandertaler-Französisch Komplimente zu machen, doch sie knebelt seinen Mund mit einem stinkenden Fuchsschwanz.

Darja fühlt sich, als würde ein mechanisches Tanzgerippe sie führen: Die Glieder des Ex-Offiziers sind wenig geschmeidig, und sein Griff ist zu fest.

»Ich war Privatwachmann Seiner Majestät, ich kannte all seine Geliebten und all seine perversen Gedanken – er hat sie mir bei einem Glas Champagner verraten.«

»Seine Majestät hat niemals Ehebruch begangen, und er mochte keinen Champagner, und Sie haben ihn höchstens aus hundert Fuß Entfernung gesehen. Sie haben nur den Palast bewacht.«

Der Oboengockel kräht zum Ende des Tanzes, und Darja stößt ihren Partner mit einem leichten, finalen Pizzicato von sich.

In der Pause treten die Gäste an den Operationstisch für die einzige vorhandene Speise: echten Oliviersalat, serviert auf Kantinentellern mit Zinnbesteck.

»Meine Herren – Sie haben sich redlich bemüht«, sagt die Ex-Herzogin, »und Sie erhalten alle eine Belohnung. Bogomolow, Sie werden unser neuer Lagerist und Dammmaler, aber bilden Sie sich nichts darauf ein, Sie haben keinerlei Talent. Was Sie klecksen können, ist jedoch für Dammzwecke gut genug – mein Gott, wenn ich bedenke, dass Nicholas Roerich mich einst porträtiert hat … Nun gut, ich hoffe, Sie werden alle, die Ihnen Modell sitzen müssen, zur optischen Missgeburt machen.«

»Gott segne Ihren Sklaven, Darja«, sprach Wassili Bogomolow sanft.

»Porko, Sie werden Chefkoch der Dammkantine. Jelowi, Ticklick, Sie beide können sich keiner besseren Eigenschaft rühmen als der des hartnäckigen Lügens. Sie werden nicht befördert, aber ich erhöhe Ihr Gehalt um gnädige drei Rubel pro Monat. Mandarinow – Sie steigen vom Feldscher zum Chefarzt am Damm auf, doch aufgrund Ihrer schlüpfrigen Anspielungen bleibt Ihr Gehalt, wie es ist.«

Bei diesen Worten schlägt die Uhr der Krankenstation Mitternacht. Einmütig verneigen sich die Gäste bis zur Erde.

Schwer zu sagen, was sie von Darjas Wohltätigkeit halten. Verwirrt und voller zurückgehaltener Flatulenz singen sie die staatliche Hymne, nicht die *Internationale: Wacht auf, Verdammte dieser Erde …*, sondern die des russischen Zarenreiches: *Gott schütze den Zaren*.

»Wer hat diese Schande an den Weihnachtsbaum gehängt?«, fragt Darja Katz plötzlich und zerrt an einem Tannenzweig. Sie reißt das Fenster auf. Eisluft schwappt herein, hinaus zischt ein Rotarmist mit Budjonny-Mütze und Dufflecoat.

Die Gäste applaudieren. Der Blechsoldat trifft Petro direkt auf die Glatze.

»Auf unsere Majestät vom Damm«, prostet der Kurarzt Mandarinow. Er kniet nieder und küsst Darjas Hand.

»Auf unsere Majestät vom Damm!«, wiederholen die anderen Männer, und für einen Moment lässt Darjas Übelkeit nach.

»Hure kreuz, Hure quer!«, keucht Nikolai. Seine Nase klebt an der Fensterscheibe. »Das ist mindestens Hochverrat!«

»Fick dich zweimal! Das müssen wir unseren Kumpeln in der Baracke erzählen. Die Geschichte ist fünf Flaschen Wodka wert!«, schwärmt Petro, Eiszapfen unter den Nasenlöchern.

»Nein, du Misthaufen, wir halten schön unseren Mund, bis sich die Geschichte als nützlich erweist«, sagt Nikolai. »Und du humple nicht, als ob dich ein Zug überrollt hätte. Es war nur eine lausige Fuchsfalle.«

21.

»Sie dort hinzubegleiten, nur weil meine Frau das so will, zählt nicht zu meinen Aufgaben«, sagte der beleidigte Katz. »Warum stören Sie mich um diese Zeit, noch dazu mit Ihrem ganzen Trupp?«

Er hatte auf eine ruhige Nacht gehofft – Weihnachten, egal, ob westlich oder orthodox, hatte für ihn nie eine Rolle gespielt. Nicht einmal nach seiner Taufe konnte er sich den Termin merken, jetzt, wo alle Religionen verboten waren.

»Und wer ist hier der Oberste Bauleiter, bitte schön?«, fragte Hauptmann Sukin. »Gehört es nicht zu Ihrer dienstlichen Verantwortung, am Dnjepr-Damm für Ordnung zu sorgen? Oder wollen Sie, dass sämtliche amerikanischen Zeitungen das Chaos auf der Großen Baustelle in die Welt posaunen?«

Widerwillig zog Katz seine Schaffelljacke an und folgte dem Miliztrupp. Dieser verhasste Amerikaner! Er war sogar froh, dass man dem Arschloch die verdammten Hosen geklaut hatte, dieselben Hosen, die er aufgeknöpft hatte, um mit Chaims Frau zu schlafen. Winters Beschwerde über den Diebstahl hatte Chaim der Miliz verschwiegen, trotz des Befehls, dem Amerikaner sämtliche Wünsche zu erfüllen. Jedoch, und das passte zu ihr, war Darja so unverschämt gewesen, Sukin die Sache wie beiläufig in der Kantine zu erzählen und ihm eine Kopie von Winters Brief zu geben. Weshalb sie den Zigeunern grollte, wusste Chaim nicht.

Der Oberste Bauleiter stieg neben Hauptmann Sukin in den *Ford AA*. Der Trupp kletterte auf die Ladepritsche. Sie fuhren los in Richtung Kaukasusstrand.

Hier muss niemand Propagandalieder singen. Frei von Verboten feiert der Kaukasusstrand Zigeunerweihnacht, und nur der Januar herrscht unter der Decke von minus zwanzig Grad, die den schrecklichen Dnjepr zu einem stockstillen Riesenspiegel disziplinieren.

Die Roma besuchen sich gegenseitig in ihren Zelten, essen Mehlsuppe, trinken Kaffee aus Löwenzahnwurzeln. In der Mitte des Lagers knistert ein Feuer.

Romni Sarina hat ein Rebhuhn gefangen und gebraten. In seinem Bauch hat sie einen Blechknopf versteckt, aus Mangel an einer traditionellen Goldmünze. Wer wird im neuen Jahr Glück haben? Ein kleiner Junge quiekt vor Freude. Er spuckt sein Blechglück aus und zeigt es allen im Lager. Andere Kinder rennen ihm nach. Selbstsicher überqueren sie den Sandstrand und gleiten über das harte Aspik aus Eis. In Sekunden erreichen sie den Vielfraß-Fels, der aufragt wie ein harmloser Heuhaufen. Die Kinder rennen weiter, die eisbedeckte Strömung hinauf, vorbei an Wolfszahn, dessen Gebiss im tiefgefrorenen Zahnfleisch des Flusses gefangen ist, vorbei an Schulmädchen, jetzt nicht tödlicher als eine Türschwelle. Die Kinder jagen den Gewinner des Knopfes auf Granitspitzen. Sie fluchen wie Erwachsene mit ihren hellen Glöckchenstimmen. Der Junge lässt den Blechknopf fallen – dieselbe Farbe wie Eis und Gestein, im Nu ein Raub der Dunkelheit.

Um das Feuer mischen die Frauen ein Kartenspiel. Sie fächern die Karten wie Pfauenfedern. »Was hast du auf dem Herzen, was ist jetzt, was war, was wird sein? Neue Wege, neue Welten … Nein! – Bitte nicht die Kreuz Neun, nein, diese Karten sind gezinkt, Sarina, dein Esel muss draufgepisst haben, bring uns neue.«

Hauptmann Sukin stoppt den *Ford AA* am Lagerrand, hinter einer Wäscheleine. Die Zigeuner hören den Motor, lassen sich davon aber in der Weihnachtsnacht nicht stören.

»Pssst, ihr Wachleute, seht ihr nicht, dass ich meine Pferde belausche?«, sagt Rom Stepán mit einer Flasche Selbstgebranntem in der Hand.

Er verbirgt sich hinter einem Wagen, sodass ein schwarzer Hengst und eine braune Stute ihn nicht sehen können. Nur in der Weihnachtszeit kann man hören, wie Pferde über ihren Besitzer reden: ob sie zufrieden sind mit Futter und Pflege, ob der Besitzer ein guter Mensch ist, sodass ihr Pferdeleben im neuen Jahr ein besseres werden kann.

»Mädchen ist zufrieden mit mir, aber Rabe beklagt sich über das Futter«, vertraut Stepán den jungen Milizionären an. Sein Gesicht verrät ernste Bedrängnis. »Kein Wunder, ihr würdet dasselbe sagen, wenn ihr das ganze Jahr über verrottetes Heu gekaut hättet.«

Rom Stepán tritt aus dem Schatten des Wagens. Er trägt das zweite Paar von Winters schwarz geräucherten Jeans, Rom Román hat sie seinem Schwiegervater in spe aus Respekt geschenkt. Der alte Mann nimmt zwei Zuckerstückchen aus seiner Hosentasche.

»Meine Liebsten, das ist mein Weihnachtsgeschenk für euch. So weiche Lippen, so dankbare Augen! Ich sage euch, diesen Zucker würde ich meinen eigenen Kindern nicht geben, er ist nur für meinen schwarzen Schatz, jawohl, und für mein braunes Gold. Esst, esst, und danke, dass ihr mir die Wahrheit gesagt habt.«

Aza hat Rom Román auf ihr großes Mitgiftkissen gelegt, an einem kleinen Feuer bei ihrem Zelt. Das Mädchen sitzt traurig an seiner Seite, gleichgültig gegenüber der Fröhlichkeit im Lager. Sie sieht zu, wie sich ihr Bräutigam im Fieber hin und her wirft, wie er zittert und zuckt. Sein Handgelenk mit dem Fuchsbiss ist geschwollen und rot.

Es ist zwei Wochen her, dass er der verdammten Fuchsfrau die Pelze gebracht hat. Vor zwei Nächten hat er das Zelt der alten Sarina mit dem von Aza verwechselt und sich auf den faltigen Leib geworfen, woraufhin das ganze Lager aufwachte und in schallendes Gelächter ausbrach. Alle glaubten, Román habe sich einen derben Scherz erlaubt. Gestern, ganz ohne Grund, hat er Aza schrecklich beschimpft und seinem künftigen Schwiegervater einen Amboss entgegengeschleudert, dabei hatte ihn noch nie jemand auch nur mürrisch erlebt.

Nun liegt er auf dem Kissen, die Luft um ihn zerfällt in giftige Dornen, die sein Gesicht peitschen. Die Lieder seines Stammes, die er früher am schönsten sang, wummern ihm jetzt wie das Bellen von Höllenhunden im Trommelfell. Aza hält ihm einen Wasserkrug an die Lippen, doch Román, die Kehle von Krämpfen gepackt, schlägt ihn weg.

Krankheit ist für die Roma ein Verhängnis, dem man nicht entrinnt. Das normale Leben im Lager wird von ihr nicht gestört, auch wenn die kranke Person sehr beliebt ist. Geht die Krankheit ohne Spuren vorbei, Gott sei Dank. Nimmt sie ein Zigeunerleben, soll es so sein.

Stepán dreht sich zu seiner ältesten Tochter, »Geh und amüsier dich ein bisschen, Aza. Du kannst ihm nicht mehr helfen.«

Aza bleibt reglos sitzen, das Feuer mit neuen Zweigen nährend.

Die Milizionäre bahnen sich den Weg zum wogenden Epizentrum der Zigeunerweihnacht: dem großen Feuer in der Mitte des Lagers, von Röcken umhüllt, von fröhlichen Füßen umtippelt, umtanzt und umsungen.

Gottes Vögel schuften niemals,
Gottes Roma sind nie müd,
Immer fröhlich, immer heiter,
was auch in der Welt geschieht.

»Jetzt, ihr schmutzigen Parasiten des Sowjetreichs, ist es an der Zeit, für eure Verbrechen zu büßen«, spricht Hauptmann Sukin.

»Welche Verbrechen, welche Verbrechen, ihr Milizionäre?«, zirpen die Frauen. »Wir leben doch nur, wir essen wenig, stören keinen. Tanzt mit uns, Milizionäre, kostet von unserer Suppe, trinkt unseren Kaffee.«

»Lass mich dir weissagen, junger Milizionär, solch wütende Augen, solch fester Tritt«, sagt Zareena.

»Komm her, Jude, trink Selbstgebrannten mit mir«, winkt Rom Stepán Katz zu sich, »Juden und Zigeuner sind Schicksalsvettern.«

Chaim ist unheimlich zumute. Er geht rückwärts in Richtung Automobil, fort von der Wärme, doch dem Geschehen weniger ausgesetzt, von dem er kein Teil sein will.

»So, ihr Ungeziefer der Sabotage, wer hat den Bauzaun zerstört? Wer hat die amerikanischen Hosen gestohlen? Wer hat nie einen Finger gerührt, um beim Dammbau zu helfen? Zieh sofort aus, was dir nicht gehört!«, befiehlt Sukin.

Widerstrebend zieht Rom Stepán die Jeans aus. Seine graue Altmännlichkeit lugt lustlos durch die Fetzen seines Hemdes.

Mit Schlagstöcken treibt der Trupp die zweihundert Menschen im Lager zusammen.

»Und was zum Teufel ist das?« Hauptmann Sukin zeigt auf Rom Román, der im Delirium um sich schlägt und dabei flucht, halb auf Romani, halb auf Russisch. »Dieser Kriminelle hat auch amerikanische Hosen an!«

»Lass ihn in Ruhe, Hauptmann, er ist tollwütig, und seine Hosen sind es auch.«

Ein behandschuhter Milizionär versucht, Román an den Hosenbeinen zu packen, doch er bekommt einen Tritt ins Gesicht vom harten Fuß des Kranken.

»Lass ihn, Iwan«, sagt Hauptmann Sukin, »sonst steckt er dich an.«

Der Hauptmann nimmt Haltung an. Der Trupp formiert sich.

»Zigeuner, hört alle her! Für eure schwarzen Straftaten, für eure Unvereinbarkeit mit dem sowjetischen Regime, verweisen wir euch des Landes. Nehmt eure Lumpen mit euch, aber lasst die Pferde hier. Der tollwütige Zigeuner bleibt da, die Kälte wird ihn für uns erledigen.«

Wie ein Finkenschwarm, ohne Widerstand, wogen die Roma davon, ohne den Boden zu berühren, noch immer singend. Stepán küsst den schwarzen Hengst und die braune Stute Lebwohl und nimmt die schluchzende Aza an die Hand.

»Wir sind das Volk der Roma«, gurrt der alte Mann in ihr Ohr, »wir halten nichts fest, wir tragen nichts nach. Gott hat gegeben – Gott hat genommen – sag Danke – und vergiss. Du wirst noch viele Männer kennenlernen.«

»Lass ihm wenigstens mein Kissen«, heult das Mädchen.

»Es ist deine einzige Mitgift. Eine andere bekommst du nicht.«

Flankiert vom Trupp schwebt die Nomadenmenge am Ufer entlang, vorbei an den harmlosen Stromschnellen, vorbei am Barackenlager der Arbeiter, vorbei am Torgsin umwandern sie die Große Baustelle. Die Milizionäre führen den schwarzen Hengst, die braune Stute und drei Esel an Zügeln. Die Tiere werden den Bestand der Dammställe verstärken.

Am Ende des Zigeunerstroms lenkt Hauptmann Sukin den *Ford AA*, mit Katz auf dem Beifahrersitz.

»Ach, Bauleiter, Bauleiter, was für ein milder Mensch Sie sind, haben sich im Gebüsch versteckt, als ginge Sie die Sache nichts an«, gluckst er, seine Selbstgedrehte mehr kauend als rauchend.

Ein Mädchen tritt seitlich aus der Menge und beginnt zurückzurennen. Von der Ladefläche kracht ein Schuss, und das Mädchen fällt in den Schnee.

Katz zuckt zusammen. »Musste das sein?«

Hauptmann Sukin sagt nichts, blickt Katz aber streng und vielsagend an.

Am Bahnhof nehmen eisige Güterwaggons das gesamte Zigeunerlager auf, welches unermüdlich »ai-ne-ne-ne« singt, Sibirien – oder himmelwärts.

Kleine Kinder hängen an Rom Stepán, wischen ihre Tränen an seine graue Brust und an die Decke um seine nackten Hüften. Rom Stepán vergießt seine Tränen auf ihre Köpfe: »Unsere Aza ist tot.«

Als Chaim in den frühen Morgenstunden nach Hause kam, war Darja abwesend. Diesen häufigen Fakt registrierte er erstmals mit Gleichmut, im fernsten Winkel seines Bewusstseins, denn ihm vor Augen stand der nächtliche Überfall.

»Schicksalsvettern«, sagte er zu sich selbst und stellte seine Stiefel zum Trocknen neben den Gasherd.

22.

Die letzte Turbine ist montiert. Sie ist eine glänzende Riesenschnecke, verpackt in Gerüste, umrankt von algenlangen Seilen. Arbeiter, klein wie Ameisen, krabbeln auf ihr herum, rutschen ab, klettern wieder empor. Das industrielle Werk auf der Großen Baustelle ist fast vollbracht, und schon stürzt sich Katz in die nächste demiurgische Leidenschaft – pflichtgemäß gilt sein Hauptaugenmerk nun der Gesundheit und Schönheit. Er braucht diese Aufgabe, um die unabwendbare Aussicht auf ein uneheliches Kind zu verdrängen.

Dank des neuen *Fünf-Ähren-Dekrets* ist genügend Geld für Gesundheit und Schönheit vorhanden. Bauern dürfen von ihrer Weizenernte nur noch eine Handvoll Körner behalten – Brigaden emsiger Milizionäre und Freiwilliger sorgen für die strikte Anwendung des Gesetzes. Wird ein versteckter Sack in einer Scheune entdeckt, sind die Brigaden befugt, die Schuldigen zu erschießen.

Der Oberste Bauleiter hat neben der Maschinenhalle ein Gewächshaus errichten und einen Garten anlegen lassen, »um den Großen Steuermann würdig zu begrüßen«. Er hatte im Botanischen Garten von Massandra angerufen und in einer Größenordnung bestellt, die der Garten nie zuvor erlebt hatte und nie wieder erleben würde. In zwei Güterwaggons reisten Magnolien, Rhododendren und Orchideen gemeinsam mit fünfhundert jungen Pfirsich- und siebenhundert Maulbeerbäumen von der Krim nach Zap.

Seine eigenen Handflächen rauer als Baumrinde, ging Chaim von Setzling zu Setzling, um jeden frischen Zweig, jedes zarte Blatt, jede scheue Blüte zu berühren.

Zusätzlich zum optischen Augenschmaus sollte die Schönheit auch auf geistiger Ebene wirken. Dies zu vermitteln und zu verfeinern war eigentlich die Aufgabe von Chaims Frau.

Die Eheleute sprachen nicht miteinander, sie beschimpften einander nicht einmal. Chaim war der Meinung, dass Darja durch ihr unrühmliches Verhalten ihr Recht auf ihren Posten verwirkt hatte. Wie dem auch war, im achten Monat ihrer Schwangerschaft lief sie aufgebläht, ausgelaugt und ausgeblichen herum, unfähig, ihre Arbeit zu tun, und nun, zu Beginn des neunten Monats, verlässt sie das Bett überhaupt nicht mehr, weshalb Chaim die Verantwortung für Körper und Geist von Zaps Proletarierschaft übernommen hat.

Für das Wohlergehen der vielen Tausend Arbeitskräfte am Damm und in den umliegenden Fabriken ist ein neues, modernes Krankenhaus entstanden, zwar weit entfernt von der Baustelle, aber mit einer hervorragenden Geburtshilfestation für die Jüngsten im Sowjetvolk, nach der Maschinenhalle das zweite Wunder konstruktivistischer Avantgarde. Für die geistige Entwicklung wurden zwei Stätten erbaut: das Tonfilmkino Marx und das Gogol-Theater. Am linken Ufer des Dnjeprs entsteht eine neue Gemeinschaftswohnsiedlung.

Um im neuen Mikrodistrikt wohnen zu dürfen, muss das Staudammpersonal nachweisen, dass es bereit ist, seine gesamte Zeit in der Gemeinschaft zu verbringen und sich nur nachts von ihr zu trennen. Hierfür sind spezielle Schlafkammern von vier Quadratmetern mit Doppelbett geplant. Toiletten, Duschen, Garderoben, Waschküchen, Küchen – sämtliche Räumlichkeiten – werden gemeinschaftlich genutzt.

Das individuelle Zubereiten und Verzehren von Speisen ist strikt untersagt: Ebenso wie der Besitz einer Wohnung verkörpern diese Tätigkeiten jene bürgerliche Ideologie, die Egoismus und Habgier nährt. Kinder werden mit sieben Jahren von ihren Eltern getrennt. Sie müssen in eigenen Einrichtungen leben, und ihre Eltern können sie nur zu festgelegten Zeiten einmal im Monat besuchen. Somit werden wir das lästige Erbe der Vergangenheit – die sittenwidrige Bürde der Familie – im Laufe von nur einer Generation vollständig los.
Chaim Katz

Die Anzahl der Anträge und Bittgesuche für einen Platz im Gemeinschaftsdistrikt übersteigt die Anzahl der verfügbaren Schlafkammern um zehntausend.

»Pressen, Genossin Katz, pressen, ich kann den Kopf sehen!«, drängt der Dammdoktor Mandarinow.

»Hauch mich nicht an, Mandarinow, du stiehlst mir die Luft!«, schreit Darja.

In ihrer letzten Wehe zieht sie den Arzt am linken Ohr und reißt es fast ab. Mit einem harten Ruck und einem wilden Spritzer, der den Kittel des Arztes durchweicht, stößt die Ex-Herzogin einen Sohn aus.

Trotz mehrfacher Angebote hat Mandarinow es abgelehnt, im neuen Krankenhaus zu arbeiten. In seiner drolligen Redeweise behauptete er, dem Herzen des Staudamms, dessen Schlagen er von Anfang an begleitet hat, nahe bleiben zu wollen, doch in Wahrheit handelt es sich um ein viel gegenständlicheres Herz, dem er nahe sein will, seit dem *Schneeflöckchenwalzer* in unerwiderter Zuneigung.

Darjas Wehen begannen schlagartig zur Sommersonnenwende, bei Temperaturen, die sich kaum von denen eines Ofens unterschieden, und drei Wochen vor Termin. Sie konnte nicht vom neuen exzellenten Krankenhaus profitieren. Sie musste umgehend ins Krankenrevier am Damm gebracht werden, ihr Bauch ein unförmiger bläulicher Buckel. Schon so geweitet, dass das Baby hindurchpasste, wurde Darja auf denselben Tisch gelegt, den sechs Monate zuvor der Oliviersalat geziert hatte und auf dem Küchlein Mascha vor einer Woche ein totes Kind zur Welt gebracht hatte.

Der Junge ist rothaarig mit blaugrünen Augen. Er sieht aus wie Darja en miniature. Es ist nicht zu erraten, wessen Gene noch in ihm stecken, und es wäre einer Adelsfrau unwürdig, sich diese Frage zu stellen. Die Oberste Personalleiterin wirft einen leeren Blick auf ihren Sprössling und schließt die Augen.

Mandarinow schickt die Krankenschwester hinaus. Er nimmt seine OP-Maske ab und wäscht den entleerten Körper persönlich, ein nasser Lappen tropft über die Sommersprossen, über die subkutanen Blauströme.

»Tragt ihn als Nathan ein«, sagt Chaim Katz mit geschürzten Lippen. »Gott sei Dank hat meine Mutter Zypa das nicht mehr erlebt. Ja, ich bin ein schwacher Mann. Ich gebe ihm meinen guten Namen, obwohl die Möglichkeit, dass jemals jüdisches Blut in ihm fließt, nur durch Bettwanzen besteht.«

Chaim muss Aaron Knoblauch vergessen haben, doch es ist nicht Darjas Absicht, ihn zu erinnern.

»Seit wann ist Katz ein guter Name? Gott sei Dank kann mein Vater dich nicht mehr hören«, sagt sie stattdessen.

Nathan müht sich verzweifelt, von seiner Mutter Milch zu bekommen. Das bisschen, das Darja produziert hat, ist mit einem Zisch aus ihren Brüsten gewichen. Kein Wunder: Stillen zählt nicht zu den Pflichten einer Adelsfrau. Von der herbeigeschafften Kuhmilch wird Nathan noch röter vor Ausschlag und Wut.

Lagerist und Dammmaler Bogomolow bringt frische Bettwäsche ins Revier.

Tags zuvor hatte Chaim das Missvergnügen, ihm im Versammlungssaal Modell zu sitzen. Seine Augen versuchten, sich auf ein paar Staubkörner auf halbem Weg zwischen dem Maler und ihm zu richten.

Nun kann Genosse Katz leicht sein Gesicht wegdrehen und den Raum verlassen. Der Ex-Diakon versteht noch immer nicht, weshalb der mächtige Bauleiter den Blick eines einfachen Angestellten meidet.

»Ich könnte den Jungen taufen. Danach wird es ihm besser gehen«, flüstert Bogomolow Darja zu und überzieht ihr igelstachliges Kissen mit dem frischen Bezug.

»Ich wurde vom Moskauer Patriarchen Tichon persönlich getauft, Diakon. Was für einen steilen Abstieg Sie mir andienen! Außerdem ist mein Mann Jude, wie Sie wohl wissen.«

»Wissen Sie, wie viele Juden ich getauft habe? Alle waren sie glücklich, nachdem sie Jesus angenommen hatten. Nur einmal sah ich einen jungen Kerl mit gleichgültiger Miene. Am nächsten Tag fand ich sein Kreuz im Graben, aber dieser Jude war eine Ausnahme. Er schmort längst in der Hölle oder wird es bald tun.«

»Halten Sie sich lieber an Ihre Leidenschaft fürs Pinseln. Ich werde heute für Sie Modell sitzen – da haben Sie einige Quadratmeter zu füllen!«, rät Darja. »Morgen kommt der Große Steuermann an die Reihe. Nehmen Sie sein Foto aus der *Prawda*, und vergessen Sie nicht, all seine Pockennarben zu malen.«

Armaïs Esaw-Yantz hat Darja ein Stück ungarische Salami und einen holländischen Käse mitgebracht. Er hätte die Leckereien nicht persönlich abliefern müssen, doch er platzt vor Neugier.

»Ist er von mir, ist er von mir? Sag's mir einfach. Söhne sind eine Ehre für einen armenischen Adligen, egal, wer sie zur Welt bringt.«

»Haben Sie Ihren Arbeitsplatz verlassen, um hier herumzubrüllen?«

»Wenn er von mir ist, verspreche ich dir, dass ich ihm meinen stolzen Namen gebe. Wie hast du ihn genannt: Satan? Er wäre ein richtiger Esaw-Yantz, und wie majestätisch das klingen würde!«

»Nathan Katz ist majestätisch genug«, antwortet Darja.

»Verzeih mir die Bemerkung, aber deine Ameisenbrüste … im Spreizsattel waren sie mir recht, aber ich glaube nicht, dass sie Milch geben können«, ruft Armaïs von der Türschwelle der Krankenstation. »Ich habe vorzügliche amerikanische Ersatzmilch auf Lager, halber Preis für dich, wenn der Kleine von mir ist!«

Doktor Mandarinow führt Küchlein Mascha herein. Um sie zu holen, ist er den ganzen Weg zum Arbeiterlager gelaufen, in das sie zurückkehren musste. Eine gründliche Untersuchung ergibt, dass sie überraschenderweise frei von Geschlechtskrankheiten ist und dass sie Salven von unbeanspruchter Milch abfeuert, weshalb Darja Katz sie erneut auszeichnet: mit der Beförderung zur Amme. Der Vorteil ist gegenseitig: Mascha wird für immer von ihren Pflichten in der Baracke erlöst und Darja von ihrer Rolle als Mutter.

23.

»Sso, Bauleiter, ich höre von Ihrem grandiosssen Erfolg. Welch enorme Leistung! Ihrem klugen Geist zu verdanken, genährt in der Hefe Ihrer Ssorgfalt, nicht wahr?«

Chaim Katz steht stramm am Telefon der Bauleitung. »Wir erwarten Ihren Besuch, Josef Wissarionowitsch!«

»Tut mir leid, ich bin ssehr beschäftigt. Ich würde gern kommen, doch mit all den Volksfeinden um mich herum kann ich kaum atmen. Ich schicke eine Delegation, meine rechte Hand, Michail Iwanowitsch Kalinin. Er wird mir alles berichten. Ist das in Ordnung für Sie?«

Der freundliche Tonfall, das egalitäre entschuldigende Fragezeichen am Ende, das aus dem Kreml übermittelte Große Lächeln und die Tatsache, dass Genosse Stalin Katz beim Vornamen nennt – so viel Ehre ist kaum zu ertragen.

Michail Kalinins Spitzname ist der Allsowjetische Dorfälteste. Seine sehr niedrige bäuerliche Abkunft und sein zahmer Charakter haben ihm während ubiquitärer Säuberungen Sicherheit garantiert. Er ist Stalins rechte Hand, wenn es um das Unterzeichnen von Dokumenten geht, doch in der höheren Politik hat er wenig zu sagen, und niemand im Politbüro hört auf ihn.

Michail Iwanowitsch Kalinin kann Fouetté nicht von Pas de deux unterscheiden, doch er liebt Ballerinen mit all seinen ältlichen Lenden. Sind gerade keine Ballerinen zur Hand, tun es auch Melkerinnen und Betongießerinnen. Der Große Steuermann nennt Kalinin zärtlich den »Allsowjetischen Ziegenbock«.

Stalins rechte Hand zu sein ist eine anstrengende Aufgabe. Sie treibt den Puls hoch und wirkt sich deutlich auf die Blutzirkulation aus. Böse Zungen behaupten, dass der Allsowjetische Dorfälteste seine Potenz wiederzuerlangen versucht, indem er sich in einen Bienenschwarm setzt. Die Bienen stechen in sein Gemächt, und Blut füllt die Schwellkörper des illustren Politbüromitglieds.

Am Tag vor Kalinins Ankunft sorgte der Oberste Bauleiter dafür, dass der Hauptbahnhof von Zaporoschje gesäubert wurde, und zwar von Hunderten Bauern, die vor dem *Fünf-Ähren-Dekret* geflohen waren. Mit Hungerbäuchen und grünlichen Mienen lagen viele herum wie Häufchen von Feuerholz. Manche regten sich noch, manche waren bewusstlos, andere schon jenseits der irdischen Felder.

Die *Allee der Enthusiasten* ist mit Porträts und Parolen aus dem Pinsel Wassili Bogomolows geschmückt, auf vierzigtausend Quadratmetern, in Gouache. Genosse Stalins Antlitz ist glattrosa wie das eines Säuglings. Es misst fünfzehn Meter Höhe. Genosse Kalinins Kopf ist zehn Meter hoch, die Köpfe von Chaim und Darja sechs. Für Darjas Augen hat Wassili einen Eimer Giftgrün verbraucht, und auf Chaims Nase könnten sich mindestens zwei erwachsene Männer ausruhen. Im bescheideneren Format von vier Metern sind Dutzende *Dammhelden der Arbeit* zu bewundern. Nikolai und Petro führen die Galerie an.

Eine Prozession von schwarzen, kugelsicheren *Vauxhalls* rollt langsam durch die jubelnde Menge. Weil Josef Wissarionowitsch und sein *Packard Twelve* nicht da sind, fährt Kalinins Automobil an der Spitze. Der Allsowjetische Dorfälteste trägt einen Astrachanhut und ein flinkes Ziegenbärtchen. Er sitzt zwischen

Chaim und Darja, denen die Ehre zuteilwird, dem hohen Besuch die Geschichte der epochalen Baustelle vorzutragen. Die nachfolgenden Automobile befördern Hugh Winter, diverse ukrainische Oberhäupter, bekannte Professoren und Journalisten aus der ganzen erwartungsvollen Welt. Vorschriftsgemäß sitzt in jedem Auto ein Mitglied des NKWD.

»Hier passieren wir unseren Stolz, das neue Dammkrankenhaus mit seiner exzellenten Geburtsstation«, sagt Chaim mit absichtlichem Gusto.

Es misslingt ihm nicht, in Darjas Blick, die sich an ihre eigene Entbindung erinnert, eine türkisblaue Wut zu entfachen. Dabei ist sie schon beleidigt genug. Ihr Jackett ist ein Komplott der immer grässlicher werdenden Damenmode und der tolpatschigen Daumen der zur Verfügung stehenden Näherinnen: der graue Tweedstoff ist billig und grob, die Vorderseiten des Zweireihers sind ungleich, und die Revers hängen wie die Ohren eines Spaniels.

Der vierzigste Geburtstag traf Darja im Oktober und trat ihr Selbstbewusstsein als Frau in den Staub. Über Nacht sah sie, wie ihre Gesichtszüge spitz und grimmig wurden. Krähenfüße krallten sich um ihre Augen und um den Mund. Als Geburtstagsgeschenk für sich selbst riss sie ihren Badspiegel aus den Fugen und zerschmetterte ihn auf dem Steinboden.

Wie gern würde sie inmitten all der frisch angereisten Fremden brillieren, unter ihnen einige Exemplare von beachtlicher Männlichkeit. Doch Darja hält sich zurück. Nur eine schlaue Gesprächspartnerin mittleren Alters zu sein, ohne dass die Männer merken, dass sie die Anwesenheit einer Schönheit beehrt, wäre zu schmerzlich, ein zu tiefer Fall.

Der Allsowjetische Dorfälteste jedoch betrachtet Darja mit ziegenböckigem Zuspruch: was für eine tolle Füchsin, flammrotes Haar und mager wie eine Tänzerin.

Die Eskorte hält am Stahlwerk von Zap. Die hohen Gäste steigen aus und gehen hinein, wo man ihnen den offenen Herdofen zeigt. Der Ofen wird mit Schrott gefüttert und mittels Dammkraft geheizt. Unter den Blicken der hohen Gäste nähert sich eine Gießpfanne. Der Herd kippt vornüber und gebiert den geschmolzenen Sonnenstrahl des ersten Stahls.

Die Fotografen blitzen nonstop mit ihren Kameras. Viel spannender als den Stahlofen finden sie den frappierenden Kontrast zwischen Katz und Winter: ein schäbiger Zappeljude und ein stolz in sich ruhender Wikinger, breit wie der Dnjepr selbst.

»Was für ein Paar! Das Duett einer großen Freundschaft, Nacht und Tag, die Väter des Staudamms – Mister Katz, Mister Winter, bitte umarmen Sie sich!«, ruft der Reporter der *Times*.

Seine Affäre mit Darja hat der gutmütige Amerikaner mittlerweile komplett verdrängt. Er hat kaum bemerkt, dass sie ein Kind geboren hat, und keineswegs vermutet, dass er damit etwas zu tun haben könnte. Bereitwillig streckt er Katz die Arme entgegen, doch der zuckt weg wie vor einem Aussätzigen. Chaim, der sich an seine frühe Liebe für Kessel erinnert, würde lieber in einem Strom aus Stahl liegen als in den Armen von Winter.

»Dramatischer Streit der zwei Dammväter – Sowjetischer Bauleiter offenbar unwillens, die Überlegenheit amerikanischer Berufskunst anzuerkennen«, berichtete die *Herald Tribune*.

»Erbitterte Rivalität um eine Frau, die fesche Propaganda-Lady vom Damm. Ihr Jackett war nicht gerade Haute Couture, doch eine unleugbare Eleganz schimmerte durch ihre Poren. Es heißt, sie habe vor der Revolution zur höheren Adelsgesellschaft gezählt. Jedes goldrosa Haar verrät ihr Geheimnis«, schrieb die *Sun*.

Die Kantine der Küchenfabrik wird mit Alkohol geschrubbt. Auf den Tischen liegen weiße Tischdecken. Seit Monaten hat der beförderte Porko am Staudamm-Triumphmenü gearbeitet – eine glückliche Liaison zwischen Schlichtheit und Raffinesse, welche die Gäste sofort von Kopf bis Fuß behexen wird. Seine wichtigste Idee war es, eine proletarische Antwort auf den Oliviersalat zu kreieren – wahrhaft sowjetisch, preiswert und unscheinbar, doch ebenso eindrucksvoll für einen Arbeitergaumen, wie das Original es für die Gaumen der Adligen war. Er fügte neue Zutaten hinzu, ließ andere weg und kalkulierte die Kosten, bevor das endgültige Rezept Gestalt annahm.

Dreihundert Sack Kartoffeln, vierhundert Bund Möhren, fünfhundert Eier, das Fleisch von zehn Rindern, zehn Pfund Zwiebeln, ein Fass Gurken: zu vermischen mit einhundert Dosen Erbsen und zu befeuchten mit Mayonnaise der Marke *Vielfraß*.

Sein Rezept wird den Koch Porko nicht nur überleben, ohne dass er selbst im Zusammenhang damit Erwähnung findet, es wird sogar die Sowjetunion selbst überdauern. Ausgehend von den Feierlichkeiten am Damm wird man es in alle Richtungen des Riesenlandes verschleppen. Es wird den Namen behalten, den es entehrt hat: Oliviersalat. (Der wegweisende französische Meisterkoch hat es satt, sich im Grab umzudrehen, denn es gibt keine Anzeichen dafür, dass die Menschen je von ihrem falschen Rezept ablassen werden. Sie haben die Zutaten klein gewürfelt und werden dies auch in Zukunft tun, zu jedem festlichen Anlass, von Moskau bis ins entlegenste Dörflein, noch viele Jahrzehnte später.)

Die Türen der Kantine schwingen auf. Die NKWD-Männer weisen den Gästen die Plätze an. Als Kalinin das Zeichen gibt, stürzen sich alle auf Speis und Trank. Von Letzterem gibt es reichlich: guten Wodka und Whisky und recht anständigen Tafelwein.

Professoren, renommierte Journalisten und hochrangige Vertreter der Kommunistischen Partei stoßen in demokratischer

Zuneigung miteinander an. Gehobene Beamte reißen Witze mit heldenhaften Betongießerinnen und Brigadeköchinnen. Alles wimmelt durcheinander und mischt sich.

Nikolai und Petro bahnen sich den Weg zu Michail Kalinin.

»Helden des Damms sind mil immel willkommen!« Kalinin zwinkert den beiden zu, als er die Orden der sowjetischen Arbeit an ihren Revers sieht. »Ich hoffe, ihl hattet auch ein bisschen Spaß. Wie ich hölte, sind die Dammflauen im Bett ebenso gut wie auf del Baustelle?«

»Wir beklagen uns nicht, Genosse Kalinin, aber die sozialistische Industrie ist uns wichtiger als die Liebe – erst graben, dann laben«, antwortet Nikolai.

»Und Musik? Habt ihl Tanzabende im Albeitelklub?«

»Ach, was denn für Tanzabende, Genosse Kalinin! Wir waren immer so müde, dass wir es nachts nicht mal geschafft haben, unser Rohr bei unserer Mascha zu verlegen. Doch jetzt hat man sie uns weggenommen, damit sie das Kind der Propagandachefin säugt – kleiner Bastard, hat ihre Titten ganz für sich allein!«

Nikolai stößt Petro mit dem Ellbogen in die Rippen. »Ach, wir sind einfache Leute, Genosse Kalinin«, sagt er. »Unsere Vorgesetzten haben mehr Zeit für Spaß.«

Nikolai und Petro fallen einander ins Wort. Abwechselnd äffen sie Walzer und Quadrillen nach. Nikolai zeichnet eine Frauenfigur in die Luft und dreht sie mit seinem Finger, lässt ihr Kleid wirbeln.

Kalinins Ziegenbärtchen hüpft aufgeregt. Er klopft den beiden Dammhelden auf die Schulter und kehrt zum Tisch der Bauleitung zurück, unterwegs einigen bemerkenswerten weiblichen Hintern Anerkennung zollend. Er setzt sich neben Darja.

»Genossin Katz, Sie sehen aus wie eine Ballelina. Man sagt, Sie tanzen auch beinahe so gut. Wollen Sie mil ein Fouetté zeigen, oder sollen wil hiel auf dem Tisch ein Pas de deux vollfühlen? Sie könnten das Kleid anziehen, von dem del ganze Damm splicht, und es dann fül mich ausziehen! Tanzen Sie fül mich, und Sie sind sichel vol dem Gefängnis – fül immel!«

»Genosse Kalinin, ich bin untröstlich, aber diese Ehre trifft mich unvorbereitet. Ich würde Sie mit ins Gewächshaus nehmen und Ihnen zwischen den Orchideen meine Reverenz erweisen, aber mein Mann hat keine Bienenvölker bestellt. Am ganzen Damm gibt es keinen einzigen Bienenschwarm«, erwidert Darja.

Kalinins Ziegenbart spitzt sich zu. Er errötet und zieht sich zurück, mehrere Tische tief in die Kantine. Kurz darauf steckt er mitten in einem taktilen Gespräch mit Ex-Küchlein Mascha, an deren linker Brust sich der kleine Nathan eifrig bedient.

»Schauen wil mal, ob Genosse Katz ein plivates Boot fül uns auftleiben kann, nul für dich, mich und meinen tleuen Leibwächter Fedka. Fedka wild auch das Baby halten.«

Darja verlässt die Feier viel früher, als das Protokoll vorschreibt. Durch das Fenster sieht sie Chaims erregtes Profil. Er amüsiert sich prächtig, ist stolz und offenbar froh, dass sie verschwindet. Hugh lässt sich vor dem Feuerwerk fotografieren, Arm in Arm mit dem Arbeitervolk. Daheim erwartet ihn seine geduldige Käferin, zu schüchtern, um unter die Leute zu gehen.

Zur nächtlichen Stunde startet die Bootsparade *Triumph des Damms*, mit Wunderkerzen in jedem Boot. Darja läuft fort vom Dnjepr. Sie erkennt sich nicht wieder in diesem Zap-Bild, an dem sie mitgewirkt und dem sie sogar einen Namen geschenkt hat.

Von der Villa ihres Vaters, achtzehn Jahre alt und in einem todschicken, gewagten Badeanzug, rennt sie zum Strand von Massandra, ihr Haar die Farbe der neugeborenen Sonne. Am Ufer sitzt ein hässlicher junger Jude und löffelt Kirschkonfitüre direkt aus dem Glas. Er logiert als Feriengast auf dem Dachboden einer benachbarten Datscha, und es heißt, er sei Dichter. Ossip Mandelstam. Der Löffel bleibt in der Luft stehen, natürlich, als Mandelstam Darja erblickt, und seine ungehobelten Gesichtszüge werden hell. (»Nein, nein, lieber schlafe ich mit einem Ziegenbock«, sagt Darja stolz zu sich selbst und später zu ihren Freundinnen.)

Das Gedicht, das sie in Mandelstams Augen las, wurde in der Zeitschrift *Lilie des Nordens* gedruckt, in derselben Ausgabe, in welcher Darja ihre eigenen Verse veröffentlichte.

Hinter Hüten von Palästen,
Hinter Gärten, schäumend letzten,
Wimpernjenseits liegt ein Land –
Bist dort meine Frau genannt.

Datum und Ort ließen keinen Zweifel an der Adressatin. Darja begehrte den hässlichen Dichter deswegen kein bisschen mehr, doch ehe sie sich versah, küsste sie seinen Namen auf dem grauen Papier.

24.

Die Tuffsteinmauer der prächtigen Maschinenhalle um sieben Uhr früh, der rosarote Dreiklang von Stein, Haar und Morgengrauen. »Dieser Anblick verdient den Pinsel eines Malers«, so oder in schlichteren Worten formulierte Hauptmann Sukin in Gedanken den Eindruck von seiner eigenen Installation, den in künstlerischer Unordnung gestapelten Modellen. Er hatte keinen Schimmer von Klimt oder Schiele, die bereits solche Bilder gemalt hatten, sogar in der gleichen Sonnenaufgangspalette.

Sukin fühlte sich beinahe geehrt, dass er sich der Propagandachefin annehmen durfte, dieser grandios impertinenten Frau, deren himmelhohes Ausmaß an Verfehlung er bewunderte. Sie war wirklich königlich schuldig, anders als ihr griesgrämiger Mann. Der Befehl von oben lautete, die Sache zügig und unter strengster Geheimhaltung zu regeln, ohne den Gatten in Kenntnis zu setzen, damit er sich nicht unnötig beunruhigte.

Ihr Gesicht hatte keine Spur von Angst gezeigt, nicht einmal ein Anzeichen von Unwillen, die türkisblauen Augen gleichgültig und kalt. Der Hauptmann behandelte diese große Damm-Vögelin eigenhändig, während seine Untergebenen sich um den Rest kümmerten: sechs Stück Männer-Ungeziefer unterschiedlichen Kalibers. Sie boten einen jämmerlichen Anblick: der schnapszerfressene, schluchzende Schweißer; der Arzt, der die Hand der Frau halten wollte und das Hinrichtungskommando in Verlegenheit brachte, sodass sie ihn schnell erledigen mussten, um die Schande zu beenden; der fluchende Klempner;

der niedergeschlagene Koch; der in seinem Delirium armenisch gackernde Dicke. Nur der linkische Maler-Tischler, ein früherer Priester, zeigte ein menschliches Gesicht. Er betete und sang in seiner schönen Bassstimme, sodass das Kommando sogar ein wenig zögerte.

Entgegen der verbreiteten unfairen Meinung fand Sukin seine Arbeit keineswegs erfreulich, und nie ließ er seine Männer ins Makabre abgleiten wie manche Kommandanten, von denen er gehört hatte. Er untersagte alles, was über die praktische und notwendige Konfiszierung von festem Schuhwerk oder Kleidungsstücken für die Bestände der Miliz hinausging. Er verhinderte, dass die Frauen seiner Schützen Darja Katz' beschlagnahmtes Ballkleid in die Finger bekamen. Er ließ das Kleid in das neu eröffnete Gogol-Theater bringen, dessen Kostümfundus es schmücken würde wie ein Juwel. Das einzige Problem war die winzige Größe. Doch pfiffige proletarische Darstellerinnen konnten Wollschals über die aufsperrenden Korsetthaken drapieren. Was die schwarzen, überaus modischen Schuhe betraf … Nun, sie passten Sukins Frau wie angegossen.

Der Hauptmann füllte das Hinrichtungsprotokoll aus. Er schrieb die Namen in Windeseile in der richtigen alphabetischen Reihenfolge und lobte sich dafür.

12. Oktober 1932
W. Bogomolow, G. Jelowi, A. Esaw-Yantz, D. Katz, B. Mandarinow, M. Porko, S. Ticklick. Exekutiert vom Erschießungskommando unter der Aufsicht von Hauptmann Iwan Sukin. Strafe vollstreckt um sieben Uhr. Leichname der Schaufelbrigade zur Bestattung übergeben.

Die Todesstrafe für Esaw-Yantz war anders begründet als die seiner Mit-Exekutierten. Die Miliz hatte keinerlei Verbindung vermutet, denn Armaïs hatte alle Spuren seiner mit dem Ball verbundenen Geschäfte erfolgreich verwischt. Stattdessen lautete seine Anklage auf Spionage und Massenmord im Auftrag des amerikanischen Imperialismus. Man hatte ihn auf frischer Tat dabei ertappt, wie er die Vergiftung von sowjetischen Dammbabys vorbereitete. Der untrügliche Beweis waren zweihundert grellgrüne, aus dem Ausland stammende Büchsen, die im Warenhaus Torgsin lagerten, beklebt mit einem Säuglingsgesicht: ein Gift namens *Similac*. Sämtliche Büchsen beinhal teten ein grausam süßes weißes Puder. Zum Glück hatte es der amerikanische Feind nicht geschafft, seinen furchtbaren Plan in die Tat umzusetzen.

In Esaw-Yantz' Baracke fand die Miliz keine weiteren Beweise für kriminelle Aktivitäten oder ausländisches Geld. Seine Frau hatte in ihrem geräumigen Lebenskanal ein Gurkenglas versteckt. In dem Glas befand sich ein dickes Bündel amerikanischer Geldscheine, tausendfünfhundert Dollar, um exakt zu sein, bestimmt für die künftige Ausbildung des armenischen Lautrecs und des besten Arztes weiblicher Schöße.

Am Oktoberhimmel geht die rosa Sonne auf, einen windigen Tag versprechend. Der letzte Auftrag der Gräberbrigade ist die Bestattung der hingerichteten Bande.

»Die Erde ist so hart, so schwer zu graben!«

»Ladet sie auf einen Karren, deckt Säcke drüber und schiebt los«, befiehlt Nikolai.

»Sie bauen gerade einen neuen Wohnblock für verheiratete Dammarbeiter, und wir bekommen ein Zimmer: vier Quadratmeter, nur für Mascha und mich«, sagt Petro. »Ich habe ihr einen Heiratsantrag gemacht, und sie hat Ja gesagt.«

»Du skrupelloser Gauner! Hätte ich Mascha einen Antrag gemacht, wäre sie vor Freude in Ohnmacht gefallen. Aber ich kann kein Fickklo heiraten, nicht einmal Genosse Kalinins

Bocksmilch kann das wettmachen, und weil ich prinzipientreu bin, muss ich weiter in der Baracke wohnen.«

»Aber ich mag Mascha recht gern, und sie mag mich auch, und du warst immer auf Genossin Katz aus, aber jetzt liegt sie hier auf dem Karren, mausetot, wegen dir.«

»Pass auf, was du sagt, immerhin hast du mir dabei geholfen.«

Sie ziehen den Karren durch das ganze Lager, vorbei an den Baracken der Ausschachter, Rohrleger, Schweißer, bis zur Baustelle der neuen Gemeinschaftswohnsiedlung. Nachdem der Staudamm fertiggestellt war, hat der Bauleiter den Würgegriff seiner Kontrollen gelockert, sodass die Arbeiter neuerdings nicht vor zehn Uhr morgens mit der Arbeit beginnen.

»Hier wird dein Wohnblock stehen?«, fragt Nikolai. »Lass uns dein künftiges Haus ein bisschen düngen, damit du gedeihst und dich vermehrst.«

Nikolai rollt den Karren an den Rand der Schalung und kippt seine Ladung ab. Dann gießt er eine mit frischem Beton gefüllte Wanne in die Grube.

»Fauler Hund, schlägst du nicht auch gern zwei Fliegen mit einer Klappe? Wir müssen nicht graben, und die da haben es besser als in der Erde: Sie sind einzementiert.«

25.

»Was für ein sanftmütiger Mensch Sie doch sind, Genosse Katz«, sagte Hauptmann Sukin tags darauf und warf einen Stapel Protokolle vor Chaims Augen auf den Schreibtisch. »Sie haben eine Schlange an Ihrem Busen genährt und es nicht bemerkt? Welch zügige Fallbearbeitung, direkt aus Moskau! Welche Unterschriften unter dem Urteil! Scham und Schande über Sie, Genosse Katz!«

Schwungvoll öffnete Sukin die Akte. Genüsslich trug er vor:

Darja Katz, geborene Herzogin Woronchina. Schuldig der Planung und Durchführung eines antikommunistischen Komplotts. Hat das staatliche Religionsverbot ignoriert, indem sie dem dekadenten Ritual des sogenannten Weihnachten frönte. Hat die leidenden Dammhelden aus dem Krankenrevier entlassen und sie somit ihres Rechtes auf medizinische Versorgung beraubt. Hat eine wilde Sexorgie abgehalten, bei der sie auf perverse Weise im Stehen kopulierte, in zeitlicher Reihenfolge mit: Koch Porko, Feldscher Mandarinow, Schweißer Jelowi, Tischler Bogomolow, Klempner Ticklick. Hat ihre Verachtung für die ehrwürdige Macht der sowjetischen Streitkräfte ausgedrückt, indem sie die Blechnachbildung eines Rotarmisten misshandelte. Angeklagt wegen Hochverrats. Die genannten politisch labilen Komplizen werden der hinterlistigen Wollust und der Sabotage beschuldigt. Alle sechs sind zum Tode verurteilt.

Chaim senkte den Kopf und klammerte sich an seine Stiefel.

»Und das habe ich für Sie«, fuhr Sukin fort. »Grob fahrlässige Misswirtschaft, kriminelle Duldung, Unterstützung und Beihilfe zur antisowjetischen Verschwörung, Spionage für das zionistische Palästina. Wenn Sie ein einfacher Arbeiter wären, könnte ich für Ihr Leben garantieren – vielleicht zehn bis zwanzig Jahre Gulag. Aber Sie haben einen so hohen Posten bekleidet! Genosse Stalin und Genosse Kalinin sind schrecklich enttäuscht von Ihnen. Ich rate Ihnen, jetzt gleich zu unterschreiben. Sie werden ja doch unterschreiben, aber nach scheußlichen Schmerzen, die Sie sicher nicht wollen.«

»Genosse Sukin!«, bestürzt streckte Katz dem Hauptmann seine sandpapierrauen Handflächen entgegen. »Diese Hände haben jeden einzelnen Kiesel berührt, jeden einzelnen Nagel in diesem Staudamm – sehen Sie sich nur um: Das ist alles mein Werk!«

»Ihre Hände mögen fleißig gewesen sein, aber Ihre Augen haben Sie die ganze Zeit über verschlossen.«

»Wo ist meine Frau?«, fragte Katz leise.

»Ach, ist doch egal – sagen Sie Lebwohl, und seien Sie froh, dass Sie sie los sind.«

Sukin blinzelte anerkennend nach Chaims hohen Stiefeln. Seine Schuhgröße schien dieselbe zu sein wie die des Obersten Bauleiters. Er reichte Chaim einen Stift.

Im *Ford AA* drehten sie eine Ehrenrunde um den prachtvollen Dnjepr-Damm und fuhren weiter in Richtung des zigeunerfreien Kaukasusstrandes. Das Auto hielt unter einer Eiche mit Blick auf den Vielfraß-Strudel, nur noch ein harmloser Hügel in der Mitte des Flusses.

»Lassen Sie Ihre Stiefel im Auto, Genosse Katz«, befahl Sukin. »Sie brauchen sie nicht mehr.«

Zwei Milizionärinnen kamen in die Baracke der Bauleitung, um die Kinder zu holen. Nathan war friedlich und wehrte sich nicht, doch Manja kämpfte erbittert. Sie hielt ihre Lumpenpuppe umklammert (die Hälfte der Wimpern ausgefallen, nur ein Schuh) und biss die eine in den Finger. Die andere wollte Manja den unhygienischen Klumpen wegnehmen, doch das Mädchen biss erneut zu. Ihre Zähne perforierten den Uniformmantel und rissen ein Stück Fleisch aus dem Unterarm der Feldwebelin. Vor Schmerzen stöhnend, zogen die Frauen ihre Mäntel aus und umzingelten Manja. Sie schafften es, sie in die Mäntel zu wickeln, sie zusammen mit der Lumpenpuppe einzumummen, die Manja auf ewig in ihrem eisernen Griff hielt. Die Kinder wurden umgehend in die Jugendstrafanstalt am Damm gebracht, und beide Milizionärinnen eilten zur Krankenstation, um sich gegen Tollwut impfen zu lassen. Die Station schien ohne Personal zu sein, denn für den frisch exekutierten Doktor Mandarinow war noch kein Ersatz gefunden, was jedoch kein Problem darstellte: Die sowjetischen Milizionärinnen würden sich selbst spritzen. Leider waren sämtliche Arzneifläschchen lateinisch beschriftet, und keine von ihnen trug die russischen Worte »gegen Tollwut« auf dem Etikett, also zückten die Frauen ihre Revolver mit den Nickelläufen und entluden ihren Ärger auf den arroganten Arzneischrank. Die ältere bestieg einen schwarzen Hengst und die jüngere eine braune Stute. Sie ritten zum weit entfernten neuen Dammkrankenhaus, eine bange Stunde im Sattel.

26.

»Wenn es ein Junge ist, soll er Salomon heißen, wenn es ein Mädchen ist, heißt sie Winona«, sinniert Rosa. Sie hofft, das Kind wird blond und blauäugig sein.

Sie bedeckt die Möbel mit Laken. Das Schlafzimmer ist voller teurer Lederkoffer.

»Lebwohl, Hohlbäuchlein, sei gegrüßt, Fettbäuchlein«, flüstert sie, während sie die verbrauchte Tube *Nennen*-Rasiercreme zum letzten Mal durch eine neue ersetzt.

»Lebwohl, koscherer Metzger«, sagt sie und wischt die *Gilette*-Klinge sauber. Dann gönnt sie sich einen letzten Luxus, wohl wissend, dass Hugh nichts dagegen hätte, selbst wenn er es bemerken würde: In ein winziges Fläschchen, das einst Jod enthalten hat, gießt sie ein wenig *4711* aus dem goldgefriesten, dunkeltürkisen Flakon – um das geliebte Parfum zu verwahren, um ihren Liebsten ein wenig länger bei sich zu halten, wenn er fort ist, um die Monate zu füllen, bis sie eine kleine Lebendkopie von ihm bekommt, die sie großziehen darf.

Hoch ragen die Schornsteine, schwarz quillt der Rauch. Die wilde blaue Mähne des Flusses wurde von einem riesigen Dammkamm frisiert, sechzig Meter hoch und neunhundert breit. Die Stromschnellen wurden unwiederbringlich geflutet, und der Fluss nahm zu. Er blähte sich auf, bedächtig wie eine Kuh, verschlang die umliegenden Dörfer, und seine steinernen Zitzen verschwanden vollständig unter dem blauen Fleisch. Energiespendender Speichel schäumt zwischen den weißen

Zähnen der Dammkämme. Mit einer Leistung von tausendfünfhundert Megawatt füttert der Damm ohne Mühe die Stahl-Aluminium-Fabrik, die Kokereien und die Motorenwerke.

Die Gemeinschaftswohnsiedlung hat sich als zu fortschrittlich für Dammhirne erwiesen. Die Bewohner verbrachten gern Zeit miteinander, sie spielten Karten, tranken und stritten sich, doch niemand fühlte sich verantwortlich für die Reinhaltung der Gemeinschaftstoiletten, -bäder und -küchen. Diese erreichten innerhalb kürzester Zeit einen Zustand miasmatischer, von Kakerlaken wimmelnder Ungepflegtheit. Zudem erwies sich die primitive Sehnsucht der Leute nach ihren Sprösslingen als unkorrigierbar. Sie drückten sich davor, ihre Kinder in die Heime zu geben, verheimlichten von Geburt an ihre Existenz und versteckten sie, zwergenwüchsig wie Tundrabirken, in den Schlafkammern.

Anstelle der Schlafkammern kamen robuste Ziegelbauten in Mode, mit hohen Decken und geräumigen Zimmern. Die Stadt florierte. Produktionsfirmen reisten an, um Spielfilme über das Wasserwunder der Technik zu drehen, mit einem gesunden Schluck Liebe vor dem Hintergrund schuftenden Heldentums: zwischen einem namhaften Schweißer und einer fröhlichen Betongießerin oder zwischen einem ehrlichen Tischler und einer devoten Melkerin. Einer dieser Filme zeigte sogar eine Kussszene.

Das ganze Land gewöhnte sich daran, den Namen Saporoschje zu dem prägnant-dynamischen Zap zu verkürzen.

Auf Geschäftsreise in Moskau pflegte man einen Angestellten der Dammfabriken zu fragen: »Woher kommen Sie?« – »Aus Zap«, war die lässige, aber mit Stolz gegebene Antwort.

»Wer kennt nicht Zap?«, pflegte der Moskauer dann respektvoll zu lächeln, ohne eine Spur der Herablassung gegenüber den Provinzlern. »Bollwerk des Landes, im Aufwind der Neuzeit!«

Rosa brachte ihr Kind im voll ausgerüsteten Dammkrankenhaus zur Welt; ausgestattet nach den neuesten Weltstandards war die Abteilung Geburtshilfe ein Wunder der Medizinkunst.

Eine Woche vor der Geburt war Hugh nach Amerika abgereist. Seine Mission war beendet, das Zap-Kapitel abgeschlossen. Unerwarteterweise jedoch hatte er Rosa freundlich gestattet, seinen biologischen Nachwuchs, egal, ob Salomon oder Winona, unter seinem kalten Familiennamen registrieren zu lassen. Etwas Fremdländisches nach Amerika zu importieren, lehnte er ab. Als Geliebte ideal, konnte dieses Mädchen als Ehefrau weiß Gott was für Marotten entwickeln. In der Zwischenzeit erwartete der *Hoover Dam* im Black Canyon des Colorado River Winters Expertise, und dieser neue Damm würde um vieles mächtiger sein als der am Dnjepr.

27.

Reporter berichten, dass sie nirgends auf der Welt glücklichere Waisen gesehen haben als im jüdischen Waisenhaus von Odessa. Manja und der kleine Nathan lieben ihr neues Zuhause. Sie tragen dünne, aber saubere Kleidung. Fast immer haben sie genug Essen, welches sie selbst im Garten anbauen: Kartoffeln, Möhren, Kohl, Zwiebeln. Es gibt auch einen Apfelbaum, einen Kirschbaum und ein Beet mit weißen Rosen. Im Winter malen die Kinder, basteln und singen täglich. An kalten Abenden liest man ihnen die *Abenteuer des Menachem Mendel* vor.

Mit vierzehn ist Manja frei von sämtlichen Spuren des verwilderten Gassenkindes. Das Mädchen genießt die wohlwollende Zuwendung durch Erwachsene, die sie so lange entbehrt hat. Der Dammsprache entflohen, hat sie ein wenig literarisches Russisch erlernt und sämtliche Kindergeschichten von Leo Tolstoi gelesen. Zudem ist sie sehr musikalisch, und ihr pädagogisches Talent tritt unleugbar zutage, wenn sie sich mit jüngeren Schützlingen befasst, sodass mindestens eine Laufbahn als Klavierlehrerin denkbar scheint.

Leider lässt Manja, entgegen der Grundsätze des kommunistischen Teilens, andere Mädchen nicht mit ihrer Lumpenpuppe spielen: Gewaschen und geflickt ruht die Puppe in ihrem Nachtschränkchen, »für meine künftige Tochter«. Zum Glück ist die Erzieherin Selda Sinowiewna klug genug, diesen letzten verbliebenen Charakterfehler nicht zu bekämpfen.

Nach und nach entdecken die Waisenkinder die Freuden der Schreibschrift. Selda Sinowiewna diktiert den Schülern gern kleine, witzige Texte:

> *Basja, ein kleines jüdisches Kätzchen, ist sehr verspielt. Ungeduldig wartet es darauf, dass seine jüdischen Besitzer von der Arbeit nach Hause kommen, denn sie bringen ihm immer einen Bissen leckere Blutwurst vom Fleischer mit – die Wurst, die sie selbst liebend gern essen. Samstags gehen Basjas Besitzer glücklich zur Arbeit, und wenn sie heimkommen, braten sie leckeres Schweinefleisch.*

Der grünäugige, rothaarige Nathan ist ruhig und ernst, ein Perfektionist. Man scherzt, dass er eines Tages Direktor der Moskauer Fabrik für Schuhcreme wird.

Die Katz-Kinder haben Freunde im Heim, die Geschwister Dod und Sheila, deren Eltern an Typhus gestorben sind. Dod prahlt, dass sein Vater der beste Schneider der Welt war und jetzt Anzüge für Genosse Gott näht.

»Aber Selda Sinowiewna sagt, dass es überhaupt keinen Genossen Gott gibt«, behauptet der kleine Nathan.

»Ach, deine Selda Sinowiewna, die hat doch keinen Schimmer.«